Klarant Verlag

AF151236

Der Autor **Martin Windebruch** ist verheiratet und stammt aus einer Familie mit ostfriesischen Wurzeln. Sein Großvater wurde in Rysum geboren. Er selbst hat im Rahmen seines Studiums zu dem Themengebiet »Ostfriesische Auswanderer« geforscht. So kennt er sich bestens zwischen Großem Meer und Krummhörn aus.

Für Martin Windebruch lag es daher nahe, seine Kriminalromane in Ostfriesland anzusiedeln und sich Geschichten auszudenken, die sich so, wie er sie beschreibt, eigentlich auch nur im Land hinter den Deichen ereignen können.

Martin Windebruch

Auricher Liebesmord
Brookmer und Jacobs ermitteln 13

Ostfrieslandkrimi

Klarant Verlag

Kapitel 1

Melanie Peek atmete schwer. Sie wischte etwas unwirsch eine ihrer blonden langen Strähnen aus dem Gesicht, die sich aus ihrem Zopf gelöst hatte.

Die letzten Wochen hatte sie es geschafft, vor der Arbeit jeden Morgen einmal um das Naturschutzgebiet Hauener Pütten zu laufen. Es war noch frühlingshaft frisch, aber der Tag würde warm werden. Jetzt war sie ungefähr auf der Hälfte ihrer Strecke und bog in den Schafweg ein. Den gab es zweimal, auf beiden Seiten des Naturschutzgebietes. Hier endete der Schafweg aber nach wenigen Metern in einer kleinen Vogelbeobachtungshütte.

Melanie atmete langsam ein und aus, um ihren Puls etwas zu beruhigen. Sie trug einen kleinen Hüftbeutel, in dem ihr Handy und ein kompaktes Fernglas steckten. Letzteres nahm sie jetzt heraus.

Sie öffnete die Tür des Holzverschlags und trat in den beengten Raum der Hütte.

Es gab eine ganze Reihe von Aussparungen in den Wänden, die mit Brettern an Scharnieren geschlossen waren. Man konnte sie alle hochklappen, um die Vögel des Naturschutzgebietes zu sehen.

Im Naturschutzgebiet existierten einige Wasserflächen, auf denen unterschiedlichste Vögel brüteten oder auch nur auf dem Durchzug in andere Gefilde eine Zeit lang lebten.

Melanie Peek öffnete eine der Klappen und sah hinaus. Sie ließ den Blick über die weite ostfriesische Landschaft schweifen, und einen Moment genoss sie einfach nur, den Vögeln zuzuschauen. Das hatte sie früher schon gerne gemacht, als ihre Biologielehrerin sie auf Exkursionen mitgenommen hatte.

Es war nur eine kurze Pause in ihrer Runde, und dann würde sie sich auch beeilen müssen, um noch rechtzeitig zur Arbeit zu kommen. Doch diese wenigen Minuten waren ein Luxus, den sie sich gerne gönnte.

Sie bemerkte eine Bewegung zwischen dem Schilfröhricht. *War das eine Goldammer?*, überlegte sie und suchte den Vogel. Sie runzelte die Stirn, als ihr Blick auf etwas anderes fiel.

Da lag jemand mit dem Gesicht nach unten im Wasser. Melanie Peek spürte, wie sich ihr Magen zusammenzog.

Wer so dalag, konnte nicht mehr am Leben sein.

*

Kriminalkommissar Dr. Evert Brookmer stieg aus dem Dienstwagen der Fahrbereitschaft der Kriminalpolizei Aurich.

Seine Kollegin Wiebke Jacobs schloss in diesem Augenblick die Fahrertür. Sie hatte den Wagen am Straßenrand eines schmalen Feldweges geparkt. Ein frischer Wind wehte Evert entgegen und zerzauste ein wenig seine eben noch ordentlich zum Zopf gebundenen langen Haare.

»Tolle Aussicht, oder?«, meinte Wiebke, während Evert zum Kofferraum des Autos ging und aus der Hundebox seinen schwarzen Labrador Retriever Fiete herausließ.

Er sah sich kurz etwas um. Vor ihnen lag das Naturschutzgebiet Hauener Pütten mit seinen großen Wasserflächen, auf denen Zugvögel rasteten oder auch brüteten.

»Ja, ich würde gerne mit Fiete eine Runde hier gehen, wenn der Anlass ein schönerer wäre«, meinte Evert. Wiebke zog sich Gummistiefel an.

Evert tat es ihr gleich, nahm anschließend den Hund an die Leine und folgte seiner Kollegin zu einem kleinen Pfad, der von der Straße abging. An der Straße standen bereits mehrere weitere Fahrzeuge von der Polizei.

»Warst du schon mal hier?«, fragte Wiebke.

»Nein, ich muss ehrlich sagen, dass ich nicht einmal wusste, dass hier hinter Greetsiel nicht direkt das Meer beginnt.«

Wiebke sah ihn mit leicht empörtem Blick an. »Du bist in Ostfriesland geboren und groß geworden und kennst doch die Hälfte der Landschaft hier nicht«, meinte sie.

Evert zuckte die Schultern. Wenn es nach ihm gegangen wäre, hätte er nach dem dualen Studium bei der Polizei und der Promotion in Kriminologie auch keine Stelle ausgerechnet hier in Ostfriesland angenommen. Immerhin war er zum Studium extra nach Münster und später nach Bochum gegangen, um weit weg zu gelangen. Doch man konnte sich seine Stellen nicht immer aussuchen, und inzwischen hatte er seinen Frieden damit gemacht, hier zu arbeiten.

Sie erreichten eine kleine Hütte, die zum Beobachten der Vögel des Naturschutzgebietes gedacht war.

»Moin«, grüßte sie ein Polizist in Uniform.

»Moin«, sagte Wiebke. »Wo ist er?«

»Da ins Gestrüpp, dem roten Flatterband nach«, gab der Polizist zurück; er wollte zu den Autos gehen.

»Kann ich Ihnen kurz meinen Hund geben?«, bat Evert. »Dann muss ich ihn nicht mit zum Tatort nehmen.«

»Nee, ich muss noch was holen und mit dem Auto los.«

»Dann machen wir das anders«, sagte Evert und wies Fiete an sich hinzusetzen. Normalerweise war der schwarze Labrador Retriever gut genug erzogen, sich zu benehmen.

Evert und Wiebke gingen links vor der Vogelschutzhütte ins Schilf. Jemand hatte einen Weg gebahnt und das Gestrüpp zur Seite gedrückt. In regelmäßigen Abständen waren Metallpflöcke in den Boden gehauen und eine Spur aus Polizeiabsperrband zog sich wie ein Handlauf den Weg entlang, damit man ihn besser sehen konnte.

»Ah, da seid ihr ja endlich«, begrüßte sie ein älterer Polizist, der ebenfalls Gummistiefel trug. Unter seiner Dienstmütze schauten graue krause Haare hervor.

»Dir auch erstmal ein freundliches Moin, Klaas«, gab Wiebke zurück.

»Ja, ja, moin, ihr beiden«, sagte der Angesprochene und seufzte. »Das ist ein Morgen … wo habt ihr so lange gesteckt? Die Gerichtsmedizin aus Oldenburg ist sogar schon hier! Ihr müsst doch kaum eine halbe Stunde nach mir losgefahren sein.«

»Es gab einen Unfall auf der 72 hinter Süd-Victorbur. Da hat ein Trecker einem Pkw die Vorfahrt genommen und wir waren das Fahrzeug direkt dahinter«, erklärte Wiebke. »Also haben wir Ersthelfer spielen müssen. Es gab zwar nur Leichtverletzte, aber der Trecker und der Pkw hatten sich ineinandergeschoben, und bis die Straße wieder frei war, dauerte es.«

»Ja, die Ecke ist immer gefährlich zum Berufsverkehr, weil es alle sehr eilig haben und wenig Platz ist«, meinte Klaas.

»Was habt ihr denn bisher schon in Erfahrung bringen können?«, fragte Evert.

Klaas führte sie einige Schritte weiter durchs Schilf an den Rand des Wassers. Dort kniete der Gerichtsmediziner Dr. Elias neben einem Toten.

»Heute Morgen entdeckte Melanie Peek bei ihrer Joggingrunde hier die Leiche, als sie eine Pause machte und die Vögel beobachtete. Er trieb am Rand des Gewässers. Der Mann trägt keine Papiere bei sich, aber eine Chipkarte für das Hotel ›Die Schafhütte‹. Es liegt da hinten, man kann es von hier aus sehen.«

Klaas deutete auf die deutlich erkennbaren reetgedeckten Dächer eines großen Anwesens.

»Also vermutlich ein Gast«, meinte Wiebke. »Sonst nichts bei sich? Kein Mobiltelefon oder Geld?«

»Kein Geld, aber sein Handy war in seiner Hosentasche. Es ist aber durch das Wasser nicht mehr funktionsfähig. Ich schicke es zum Technischen Dienst.«

»Wie sieht es mit einer möglichen Todesursache aus?«, erkundigte sich Evert und sah dabei zu Dr. Elias. Der ältere Mann kam nun etwas schwerfällig aus seiner hockenden Haltung hoch. Dr. Elias trug eine grüne Anglerhose und nestelte an den Verschlüssen herum, während er sprach: »Wenn Sie wissen wollen, ob es ein Unfall war: Das denke ich nicht. Ein erster toxikologischer Befund ist unauffällig, der Mann ist nicht betrunken ins Wasser gestürzt, sondern starb durch Gewalteinwirkung. Sehen Sie einmal sozusagen hier.« Dr. Elias beugte sich vor. »Da ist ein Hämatom an seinem Hinterkopf, das sich von hier nach dort zieht.«

»Was, denken Sie, war die Tatwaffe?«

»Ein hartes Stück Eisen oder Holz«, mutmaßte Dr. Elias. Er zuckte mit den Schultern. »Eine genauere Analyse des Gewebes wird vielleicht Aufschluss darüber geben. Aber so nachgiebig, wie die Stelle ist, wurde dabei der Schädelknochen beschädigt. Sollte das Opfer noch gelebt haben, als es ins Wasser kam, wird es in kurzer Zeit gestorben sein. Eine solche Schädelfraktur lässt das Gehirn anschwellen, was in dem Fall sozusagen schnell tödlich sein kann.«

»Also starb er mehr oder weniger unmittelbar durch den Schlag gegen den Kopf«, sagte Wiebke.

»Ja, das nehme ich zu diesem Zeitpunkt sozusagen an.« Wiebke seufzte.

Evert verstand, was sie störte: Der Gerichtsmediziner hatte die Angewohnheit, an den unmöglichsten Stellen das Wort sozusagen einzubauen. Ungünstigerweise zwang einen das hin und wieder zu Nachfragen.

»Können Sie uns eine Tatzeit nennen?«, fragte Wiebke.

»Der Mann lag die Nacht über im Wasser«, gab der Gerichtsmediziner zurück, als wäre dies eine Antwort.

Daraufhin fragte Wiebke: »Also wurde er gestern Abend umgebracht?«

»Es ist anzunehmen, dass er hier seit höchstens dem späten Nachmittag oder frühen Abend liegt«, erklärte Dr. Elias. »Mehr als eine Annahme bekommen Sie, nachdem er auf meinem Tisch lag und ich noch einmal die Fachliteratur zurate ziehen konnte.«

»Gegebenenfalls lag er auch woanders und ist hergetrieben«, meinte Wiebke. »Ließe sich das herausfinden?«

»Es gibt keine nennenswerte Strömung«, sagte Klaas.

»Des Weiteren kann ich noch eine These äußern. Es gibt Hämatome im Brustbereich des Opfers«, erklärte Dr. Elias. Er hatte die obersten Knöpfe des Hemds geöffnet, das der Tote trug. »Deswegen würde ich bei Ihrer Suche besonderes Augenmerk auf Gewichte legen, mit denen man versucht hat, die Leiche zu beschweren. Möglicherweise wurde er aber auch vor seinem Tod festgebunden. Ich werde mich bei Ihnen melden, wenn ich sicher bin, aber es könnte sozusagen sein, dass er hier dauerhaft versteckt werden sollte. Alternativ spräche das Muster der Hämatome dafür, dass er gefesselt war.«

»Wenn etwas auf dem Grund des Wassers ist, finden es die Taucher«, sagte Klaas.

»Gut, ich bräuchte dann einmal Ihre Hilfe beim Einladen des Toten«, bat Dr. Elias und sah in die Runde.

»Ich helfe Ihnen, ihr beide könnt schon mal zum Hotel gehen und herausfinden, ob der Tote dort zu Gast war«, schlug Klaas vor.

»Machen wir«, sagte Wiebke.

Evert beugte sich in der Zeit vor und machte mit seinem Handy ein Foto vom Toten. Er wollte im Hotel in der Lage sein, das Gesicht des Mannes vorzuzeigen. Obwohl sie den Namen des Toten nicht kannten, war es dennoch möglich, dass ihn jemand erkannte.

»Gibt es weitere Spuren am Tatort?«, fragte Evert an Klaas gewandt.

»Wir haben die nähere Umgebung abgesucht, aber bisher nichts Verwertbares gefunden. Der Boden ist weich und Trittspuren sollten sich gut erhalten haben, aber es hat letzte Nacht ziemlich geregnet, und außerdem muss man zwischen den Schilfrohren überhaupt mal irgendwas finden.« Er machte eine ausholende Geste. »Gleich kommt einer von dem Naturschutzverein, der die Hütte betreut, damit wir auch ja nichts kaputtmachen.«

In diesem Augenblick bemerkte Evert eine Bewegung zwischen dem Röhricht in seiner Nähe.

Etwas atmete, und Evert wusste sofort, was oder eher wer das war. Er sah zwischen den dichten Schilfrohren ein dunkles Tier sich an ihn heranschleichen.

»Fiete!«, sagte der Ermittler und klang tadelnd.

Der schwarze Labrador Retriever machte sich ganz klein, was nicht sonderlich half, da seine Fellfarbe ihn deutlich vom Schilf abhob. Zudem begann er zu wedeln, was dazu führte, dass ein Teil der Schilfrohre zu erzittern begann.

»Sitz«, wies Evert seinen Hund an. Fiete, der bereits auf dem Boden saß, machte sich noch kleiner. »Du bleibst genau da, ich habe dich gesehen«, sagte Evert und ging auf den Hund zu. Fiete schob sich langsam zurück durch das Schilf, doch Evert war schneller, packte das Halsband des Hundes und zog an der Leine, die noch daran hing. Er sah seinen Hund an und schüttelte den Kopf.

»Du solltest warten«, tadelte er den Hund. »Warten, nicht herkommen!«

Fiete senkte den Blick, doch Evert wusste, dass Fiete kein schlechtes Gewissen hatte: Er war ertappt worden, das störte den Hund viel mehr.

»Okay, gehen wir zum Hotel«, sagte er zu Wiebke. Fiete hob derweil die Schnauze und schnüffelte ausgiebig.

Wiebke und Evert verabschiedeten sich von Dr. Elias und ihrem Kollegen Klaas Behrends.

Als Evert gehen wollte, hatte Fiete die Augen geschlossen und zog konzentriert die Luft durch die Nase ein.

»Komm«, forderte er seinen Hund auf. Fiete öffnete die Augen, sah sich kurz um, als würde er erst jetzt wieder merken, wo er war, und folgte dann wedelnd seinem Herrchen durch das hohe Schilf. Fiete sah noch einmal zurück, zog erneut die Luft ein, doch Evert zog ihn sanft, aber bestimmt mit sich.

»Er riecht sicherlich irgendwelche Enten«, meinte Wiebke.

»Trotzdem hätte er mir nicht folgen sollen. Hier kann ein falscher Tritt auch gleich das Versinken im Morast bedeuten, und seine Beine sind bedeutend kürzer als meine«, sagte Evert.

Sie erreichten den Weg und gingen zurück zu ihrem Dienstwagen.

Nachdem Fiete wieder in seine Box im Kofferraum gelassen worden war und sie die Gummistiefel ausgezogen hatten, fuhren sie die kurze Strecke um das Naturschutzgebiet auf den Parkplatz des Hotels ›Die Schafhütte‹.

Es standen gut ein halbes Dutzend Fahrzeuge hier auf der gepflasterten Fläche, die durch eine dichte Reihe großer Betonblumenkübel sowie eine rot-weiß gestrichene Schranke begrenzt wurde. Die Schranke trennte einen großen Bereich des Parkplatzes von einem kleineren Bereich an der Straße, auf dem nur vier Fahrzeuge Platz hatten. Dort hatten sie geparkt.

Evert ließ Fiete aus dem Kofferraum, nahm ihn an die Leine und folgte Wiebke zum Eingang des Hotels.

Fiete blieb stehen und schnupperte an einem der Töpfe vor dem Gebäude, die den Parkplatz eingrenzten.

Das Hotelgebäude war ein beige verputztes großes Bauernhaus mit tiefgezogenem Reetdach. Ein halbes Dutzend Gauben waren im Dach eingefügt worden und ließen es uneben wie eine Düne wirken. Über dem Eingang hing in verschnörkelter Schrift der Name ›Die Schafhütte‹ sowie das Datum 1912.

Evert und Wiebke traten durch die nicht ganz zum rustikalen Äußeren passende gläserne Eingangstür.

Dem Ermittler fiel der kleine Kasten neben der Tür auf, durch den Gäste vermutlich auch spät nachts noch mithilfe ihrer Chipkarte eintreten konnten.

Sie betraten einen kleinen Vorraum mit einer ausladenden hölzernen Theke, hinter der ein älterer Mann saß und angestrengt über die Ränder seiner Brillengläser auf einen Computerbildschirm sah.

Er hob kurz den Blick zum Eingang und bemerkte die Neuankömmlinge. Sofort lächelte er freundlich und stand auf.

»Moin moin, ein Zimmer für drei? Wir haben extra Hundebetten, die wir dazustellen können.« Er strich bei dieser Bemerkung sein dunkles Hemd ein wenig glatt, was allerdings nicht viel half, da sein Bauch sich deutlich abzeichnete und das Hemd wirkte, als wäre es zu groß gewählt, um den Bauch zu verbergen. Er fuhr fort: »Die Hauener Kleipütten sind ungefähr siebenundvierzig Hektar groß und wurden seit 1970 geschaffen, weil man Klei für die Landschaftspflege der Leybucht brauchte. Man hat nicht sonderlich tief abgebaut, nur bis zu zwei Meter Tiefe. Das Ganze ist niederschlagsgespeist und ein wunderbarer Ort, um Zugvögel zu beobachten oder aber Ausflüge in die ostfriesische Landschaft zu unternehmen. Sie haben eine gute Wahl getroffen für ein paar ruhige Tage.«

»Leider sind wir nicht im Urlaub hier«, sagte Evert und zog seinen Dienstausweis. Er reichte ihn dem Mann. »Kripo Aurich, das ist meine Kollegin Kriminalkommissarin Wiebke Jacobs, und mein Name ist Evert Brookmer.«

»Die Polizei?«, fragte der Mann irritiert und nahm den Ausweis entgegen.

»Ja. Ihr Name ist?«

»Oh, ich bin der Achim Wiard. Ohne S, im Gegensatz zu den Wiards, die sonst hier rumlaufen. Wo kann ik helpen?«

»Herr Wiard, es gibt einen Toten im Naturschutzgebiet Hauener Pütten. Wir sind noch am Anfang der Ermittlungen, gehen aber von einem Gewaltverbrechen aus. Der Tote trug nichts bei sich, das ihn identifizierte, außer einer Zutrittskarte mit dem Logo und dem Namen Ihres Hotels.«

Wiebke zog bei Everts Worten einen Probenbeutel hervor, in dem die Zugangskarte steckte, und reichte sie Achim Wiard.

Der legte Everts Ausweis auf die Theke und griff nach der Zugangskarte.

»Ein Toter im Naturschutzgebiet? Da wurde jemand umgebracht?« Seine buschigen Augenbrauen wanderten fragend in die Höhe. Er wirkte nun noch perplexer als vorher.

»Das ist richtig«, bestätigte Evert und griff sich seinen Dienstausweis, um ihn wieder wegzustecken.

»Ist es möglich zu klären, ob einer Ihrer Gäste fehlt oder wem diese Karte gehört?«

»Sicher«, murmelte Herr Wiard und schluckte schwer. »Es ist also jemand von meinen Gästen getötet worden?«

»Wir wissen nur, dass der Tote im Naturschutzgebiet eine Karte Ihres Hotels bei sich trug«, wiederholte Evert langsam, um dem Mann Zeit zu geben, die Informationen zu verarbeiten.

»Oh Gott, sowas gab es hier noch nie«, murmelte Herr Wiard. Er nahm die Karte aus dem Probenbeutel und zog sie durch ein Lesegerät. »Die Karte ist eingestellt auf das Zimmer, das im Moment Herr Bajo Renken bewohnt.«

»Wir haben ein Foto des Toten. Könnten Sie Herrn Renken identifizieren, wenn es sich um ihn handelt?«, fragte Evert und rief das Bild auf seinem Handy auf.

»Ja, sicher«, murmelte Herr Wiard und sah auf den Bildschirm von Evert. Er nickte. »Ich glaube, das ist er. Ich habe nur ein paar Mal mit ihm zu tun gehabt, aber das könnte er sein.«

»Wissen Sie, wann Herr Renken das Hotel zuletzt verlassen hat?«, fragte Evert.

»Tut mir leid, das wird nicht protokolliert. Sicher, man könnte die Türschlösser so einstellen, dass sie die Zeit ihrer Benutzung registrieren, aber will ich das wissen?«, meinte Herr Wiard. »Irgendwann ist auch gut mit der Überwachung, finde ich immer.«

»Verständlich«, meinte Evert. »Aber haben Sie ihn gestern vielleicht gesehen, als er das Hotel verließ?«

»Nein, aber ab siebzehn Uhr war die Rezeption unbesetzt, weil ich in der Küche meiner Frau helfen musste.«

»Ist Herr Renken allein im Hotel abgestiegen?«, fragte Wiebke.

»Ja, laut der Belegungsübersicht hier ist er allein auf seinem Zimmer. Aber er war nicht allein im Hotel.«

»Wie meinen Sie das?«

»Er gehörte zu einer Gruppe. Herr Renken ist hier mit seinen Kollegen von der Boomstark-Versicherung aus Aurich. Das ist so eine Versicherungsvertretergruppe, die hier irgendwelche Fortbildungen und Seminare macht. Wir bieten eine Reihe von Seminarräumen an, wenn das gewünscht ist, und da bilden die sich fort und machen teamstärkende Übungen.«

Er betonte die letzten beiden Worte so, dass Evert nachfragte: »Sie halten nicht viel davon?«

»Na, jeder so, wie er sich wohlfühlt«, gab Achim Wiard zurück und zuckte mit den Schultern. »Aber wenn erwachsene Männer und Frauen zusammen an einem Tisch sitzen und mit Bauklötzen bauen sollen, sieht das für mich eher nach einer Tagesstätte für Volljährige aus.«

»Sind die anderen Gäste, die zur Boomstark-Versicherung gehören, noch alle anwesend oder bereits abgereist?«

»Nein, die sind noch alle bis übermorgen eingecheckt.«

»Wir hätten gerne eine Liste der Gäste.«

»Sicher.«

»Gibt es weitere Gäste in Ihrem Hotel?«

»Im Augenblick nicht, nur die Versicherungsleute. Es ist noch früh im Jahr. Darum bin ich froh über jedes Seminar, das mir die Lücken füllt, wenn Sie verstehen, was ich meine.«

»Wo halten sie sich im Moment auf?«

»Im Veranstaltungsraum zwei. Ich kann Sie hinführen, einen Moment.«

Der Drucker erwachte zum Leben und Herr Wiard nahm das einzelne Blatt heraus, das er ausgedruckt hatte.

»Hier, das sind alle Namen, Raumnummern und hinterlegten Telefonnummern. Ich habe Ihnen einfach eine Seite aus meinem Belegungsplan ausgedruckt.«

»Vielen Dank.«

Evert hielt den Zettel so, dass Wiebke sehen konnte, dass sechs Namen neben dem von Herrn Renken zu sehen waren.

Das wird eine Menge Arbeit, dachte Evert.

Achim Wiard kam hinter der Theke hervor und führte sie durch eine Glastür in einen langen Flur.

»Der Veranstaltungsraum eins ist noch im Altbau, der ist etwas festlicher. Aber Seminarraum zwei im Anbau wirkt dafür deutlich mehr nach professioneller Veranstaltung«, erklärte er.

Am Ende des Flurs wechselten sie offenbar von dem Altbau in den Neubau. Das letzte Stück des Flurs führte in einen großen Glaskasten, der eine schöne Aussicht auf die Umgebung bot. Große bodentiefe Fenster wechselten sich mit schmalen Wandstücken ab, sodass eine gute Rundumsicht geboten wurde.

Achim Wiard führte sie durch eine weitere Glastür in den großen Raum, der einen Großteil des Anbaus einnahm. Im Raum saßen mehrere Leute an einer Tischgruppe, die U-förmig aufgestellt worden war.

»Moin, Herr Wiard«, grüßte der Mann, der vor dem U stand. An den Tischen saßen vier Leute. Der Mann war hochgewachsen, hatte breite Schultern und kurzes volles dunkles Haar, das im Kontrast zu den Falten an seinen Händen und seinem Hals stand. Evert schätzte ihn auf Mitte sechzig, auch wenn er sicherlich gut in Form war.

»Moin, Herr Fabricius«, grüßte der Gastwirt den Mann zurück. »Das hier ist die Polizei.«

»Die Polizei?«

Evert nahm das als sein Stichwort und trat nun vor.

»Moin allerseits, wir sind von der Kriminalpolizei Aurich. Das ist meine Kollegin Kriminalkommissarin Wiebke Jacobs und ich bin Kriminalkommissar Dr. Evert Brookmer.«

Meist erwähnte er seinen Doktortitel bei der Vorstellung nicht, aber in so einer Situation konnte es nicht schaden, mit allem aufzuwarten, was man zu bieten hatte, dachte Evert.

Auf seine Worte folgte vollkommene Stille.

»Wir sind hier, weil heute Morgen Ihr Kollege Bajo Renken tot im Naturschutzgebiet Hauener Pütten gefunden wurde. Es tut mir sehr leid, Ihnen das mitteilen zu müssen. Wir würden gerne mit Ihnen allen einzeln sprechen und einige Fragen stellen.«

»Wer von Ihnen ist der Vorgesetzte?«, fragte Wiebke.

»Ich bin der Abteilungsleiter«, sagte der Mann, der vor den Tischen stand. »Talke Fabricius.«

»Dann würden wir gerne mit Ihnen beginnen, Herr Fabricius. Herr Wiard, gibt es einen Raum, in dem wir ungestört sprechen können?«

»Nehmen Sie den ersten Gang auf der linken Seite, bevor der Neubau beginnt. Da ist ein kleiner Raum, den wir mal als Garderobe und als Lagerraum genutzt haben. Es stehen Tische und Stühle darin und niemand stört.«

»Danke«, sagte Wiebke. Sie wandte sich an die anderen Leute im Raum. »Sie bleiben bitte so lange hier, bis wir Sie rüberholen.«

»Machen Sie weiter mit der Präsentation«, wies Fabricius eine Frau an. »Ich übernehme dann später.«

»Aber …«

»Nun, die Zeit soll nicht verschwendet werden«, unterbrach sie Fabricius.

»Natürlich«, gab die Frau zurück.

Talke Fabricius folgte den beiden Ermittlern und Achim Wiard in den besagten Nebenraum. Hier standen zwei Tische und darum einige Stühle. An der Wand waren gut drei Dutzend Stühle gestapelt.

»Kann ich Ihnen noch was bringen?«, fragte Herr Wiard. »Also einen Tee oder so? Das wird doch sicher ein wenig dauern. Geht aufs Haus. Man hilft ja gerne, wo man kann.«

»Sehr gerne«, sagte Evert. »Einen Kaffee für mich.«

»Für mich nichts«, gab Wiebke zurück.

»Ja nu, dann lasse ich Sie mal allein«, sagte Herr Wiard und verließ den Raum.

Als er die Tür hinter sich geschlossen hatte, setzten sich Evert und Wiebke auf die eine Seite des freien Tisches und baten Talke Fabricius, sich ihnen gegenüberzusetzen.

Herr Fabricius sah von Evert zu Wiebke und sagte: »So.«

»Herr Fabricius, können Sie Herrn Renken für uns identifizieren?« Er zeigte dem Mann das Bild des Toten, auf dem das Gesicht gut zu erkennen war.

»Ja, das ist Herr Renken.«

»Besitzt Herr Renken Angehörige, die wir informieren können?«

Herr Fabricius lehnte sich etwas im Stuhl zurück. »Das weiß ich nicht, da müssen Sie meine Mitarbeiter fragen. Ich bin nicht an deren Privatleben interessiert und empfände das auch nicht als schicklich.«

»Wieso nicht?«, erkundigte sich Wiebke.

»Weil, auch wenn es eine Versicherungsgesellschaft ist und keine Militäreinheit, die Hierarchie gewahrt bleiben sollte. Für die gute Zusammenarbeit ist eine gewisse Distanz zwischen den Führungskräften und den einfachen Mitarbeitern meiner Meinung nach essenziell. Ich bin weder ein Freund vom Duzen meiner Mitarbeiter noch davon, sie zu fragen, wie ihr Urlaub war. Das geht mich nichts an.« Er nickte bestätigend zu seinen eigenen Worten. »Sie verstehen das sicher.«

»Das kann man so handhaben«, gab Evert unverbindlich zurück. Er wollte beim Thema bleiben, und das war Bajo Renken. »Erzählen Sie uns dann bitte etwas über Ihr Arbeitsverhältnis zu Herrn Renken und was seine Arbeit ausmachte.«

Herr Fabricius lehnte sich jetzt wieder vor und schien auf einmal mehr Körperspannung zu haben. »Aber natürlich. Wir bei der Boomstark-Versicherung bieten ein breites Portfolio an Versicherungsdienstleistungen an. Wir sind zwar einer der kleineren Versicherer in Deutschland, aber dafür können wir mit gewachsenen und stabilen regionalen Beziehungen punkten. Man kennt uns hier in Ostfriesland und vertraut uns – nicht, weil wir heiße Luft von uns geben, sondern weil die Leute wissen, dass schon ihre Großväter und -mütter uns vertrauten.«

»Und Herr Renken war zufrieden mit der Arbeit bei Ihnen?«

»Natürlich, Herr Renken war ein heimisches Gewächs, wenn ich das so sagen darf. Er war glücklich, hier zu arbeiten.«

»Und Sie waren auch zufrieden mit ihm?«

Herr Fabricius nickte. »Ja, er sprach Plattdeutsch, und das ist ein nicht unerheblicher Vorteil hier in der Gegend. Das schafft Vertrauen und ermöglicht uns, gewissermaßen in der Muttersprache mit einigen Leuten hier zu reden. Das ist wichtiger, als man denkt.«

»Wieso sind Sie mit Ihren Leuten hier?«, erkundigte sich Wiebke.

»Weil wir einige teambildende Aktivitäten machen. Das wurde so von unserer Personalabteilung angeordnet, um das bereits gute Arbeitsklima noch mehr zu verbessern und durch eine höhere Mitarbeiterzufriedenheit auch eine langfristigere Bindung an die Firma zu erzielen. Wir haben feste Arbeitsblöcke, in denen mehr oder weniger wichtige Angelegenheiten zur Organisation unseres Arbeitsalltags besprochen werden. Dafür ist im Alltag oft keine Zeit, und hier kann man fokussiert Probleme adressieren. Dazwischen gibt es eine Reihe von Unterhaltungsaktivitäten, die uns alle mehr zusammenschweißen werden. Nachher ist noch eine Wanderung geplant, gestern gab es die Möglichkeit, unter Anleitung eines Spezialisten kleine Bauaufgaben mit Klemmbausteinen im Wettbewerb zu lösen.«

»Teilen Ihre Mitarbeiter den Enthusiasmus, den Sie bezüglich dieser Aktivitäten haben?«

»Ja, natürlich, es wird uns noch weiter zusammenschweißen.«

Evert registrierte, dass sein Gegenüber schon zum zweiten Mal diese Hoffnung äußerte. *Je öfter man etwas sagen muss, umso unglaubwürdiger klingt es*, dachte er.

»Wann haben Sie Herrn Renken das letzte Mal gesehen?«

»Das war am Ende des Abendessens gestern Nachmittag, so gegen siebzehn Uhr. Für ein Abendessen ist das vielleicht etwas früh, aber danach hatten alle Mitarbeiter Zeit zur freien Verfügung, das gemeinsame Essen ist ja wichtig für den Gruppensinn. Tja, und heute Morgen erschien er nicht zum ersten Termin des Tages. Ich habe Herrn Wiard gebeten, bei ihm zu klopfen, doch Herr Wiard sagte, es habe niemand reagiert. Ich habe angenommen, Herr Renken fühlt sich nicht gut, und wollte mich nachher in der Pause damit beschäftigen. Schließlich gibt es bis dahin ein Programm durchzuführen. Ich nahm nicht an, dass etwas … so Schlimmes passiert ist.«

»Das war auch kaum vorhersehbar«, sagte Evert. »Mit welchem Bereich der Versicherung beschäftigte sich Herr Renken?«

»Meine ganze Abteilung ist für die Versicherung von Kraftfahrzeugen zuständig, mit einem Schwerpunkt auf Privatwagen. Herr Renken hat früher beim TÜV gearbeitet und war zuständig für die Einschätzung von Schadensfällen. Wir müssen schließlich eine Grundlage für die Kosten haben, die wir zu erwarten haben, und auch um zu gewährleisten, dass wir als Versicherung nicht ausgenommen werden. Letztlich sind wir ja auch ein Wirtschaftsbetrieb, und am Ende des Jahres müssen die Zahlen stimmen.«

»Verstehe«, meinte Evert. »Gab es mal Schwierigkeiten mit Herrn Renken und seinen Kollegen?«

Talke Fabricius zögerte. Evert bemerkte die kurze Pause, die sein Gegenüber machte, bevor er sagte: »Nein, nichts dergleichen. Ein gewisses Maß an Aufregung ist häufig mit unserer Arbeit verbunden, denn es geht meist um nicht unerhebliche Summen. Doch Herr Renken behielt immer einen klaren Kopf und erfüllte seine Arbeit vorbildlich.«

Evert überlegte nachzuhaken, entschied sich aber vorerst dagegen. Möglicherweise würde ihnen einer der Mitarbeiter Aufschluss über den Grund für die kurze Pause, die Herr Fabricius gemacht hatte, geben können.

»Da Herr Renken ja auch Bewertungen vornahm und es um viel Geld ging, kann ich mir vorstellen, dass es da durchaus Kunden gab, die nicht mit seiner Arbeit zufrieden waren, oder?«, fragte Evert stattdessen.

Talke Fabricius lehnte sich etwas zurück. »Ja, das kam vor.«

»In letzter Zeit auch?«

Talke Fabricius sah einen Moment aus dem Fenster. In dem Augenblick, als er antworten wollte, klopfte es an der Tür.

»Herein«, sagte Wiebke und klang etwas genervt. Achim Wiard kam mit einem freundlichen, geschäftsmäßigen Lächeln herein und brachte ein Tablett, das er auf den Tisch vor ihnen stellte.

»Ich habe Ihnen mal zwei Kannen gemacht«, sagte er. »Die mit dem roten Deckel ist mit Kaffee gefüllt, die andere mit Tee. Es ist Ostfriesentee, versteht sich von allein, oder?«

Er lächelte noch immer und schob das Tablett etwas mittig auf den Tisch. »Tassen habe ich gleich ein paar mehr draufgestellt«, fügte er noch hinzu. »Für die anderen Befragungen.«

»Haben Sie vielen Dank«, sagte Evert und nahm sich eine der umgedreht auf ihrer Untertasse befindlichen Tassen, die alle mit einem typischen ostfriesischen Blumenmuster verziert waren.

»Ja, dann lasse ich Sie auch mal gleich wieder Ihre Arbeit machen«, gab Herr Wiard zurück und nickte nochmal, bevor er den Raum verließ.

Evert füllte sich derweil Kaffee in die Tasse. »Sie auch?«, fragte er Herrn Fabricius.

»Gern.« Der nahm sich eine Tasse, drehte sie um und ließ sich von Evert etwas einfüllen. Anschließend kippte er noch einen Schluck Milch aus einer kleinen Keramikkanne dazu.

»Herr Fabricius«, nahm Evert den Faden wieder auf. »Sie wollten uns erzählen, welche Schwierigkeiten der verstorbene Herr Renken im Moment bei der Arbeit hatte.«

»Ach, das … Ich denke nicht, dass es so relevant ist.«

»Bitte, erklären Sie uns aus Ihrer Sicht, was vorgefallen ist. Ob es relevant ist, entscheiden wir dann.«

Herr Fabricius seufzte.

»Also, der Herr Renken hat ja für uns Schadensfälle begutachtet, und da sind die Leute immer leicht unzufrieden, wenn Sie gerne mehr Geld hätten. Stellen Sie sich mal vor, Ihnen fährt jemand in die Seite vom Auto. Egal, ob jetzt der Unfall-Verursacher oder das Opfer bei uns versichert war, wir schickten den Herrn Renken dann, um zu klären: Welcher Schaden ist da denn entstanden und ist es billiger, ein vergleichbares Auto zu besorgen oder das noch zu reparieren? Wir sind ja auch gezwungen, mit unseren Mitteln hauszuhalten und zu sehen, was günstiger ist. Manchmal ist der Schaden erheblich, und einen alternativen Gebrauchtwagen zu besorgen, ist die bessere Alternative. Da es um viel Geld geht und manch einer sein Fahrzeug als ein sehr privates Objekt sieht, sind auch viele Emotionen damit verbunden.«

»Das ist klar.«

Talke Fabricius zögerte. »Herr Renken wurde vorgeworfen, dass er von Kunden unserer Versicherung Geld annahm, um die Gutachten ihren Wünschen anzupassen, also einen Schaden als dramatischer darzustellen, als er war, um eine umfassendere Reparatur des Fahrzeugs zu erwirken, eine höhere Zahlung zu erhalten oder einen Schaden reparieren zu lassen, der nicht direkt im Zusammenhang mit dem Unfall stand.« Talke Fabricius sah auf seine Kaffeetasse, während er dies aussprach. Er schien den Augenkontakt mit den Ermittlern zu vermeiden. »Es gab da mehrere Beschwerden.«

»Wissen Sie, von wem?«

Er stellte die Tasse vor sich auf den Tisch. »Das weiß ich leider nicht. Sie waren anonym und kamen als ausgedruckte Briefe, die man in unseren Firmenpostkasten warf, adressiert an mich.«

»Haben Sie die noch?«

Talke Fabricius kratzte sich am Kinn.

»Wir bräuchten die«, sagte Wiebke.

»Ich habe die meisten davon entsorgt, nachdem ich mit unserem Hausjuristen gesprochen habe.«

»Wieso?«

»Weil es haltlose Anschuldigungen waren und … das hier wird doch vertraulich behandelt, oder?«

»Wir werden so vertraulich wie möglich damit umgehen, aber es geht hier um einen Mordfall, Herr Fabricius«, erinnerte ihn Evert. »Das heißt, wir lassen keinen Stein auf dem anderen, wenn es nötig ist, um einen Mörder zu finden. Das heißt aber nicht, dass wir herumlaufen und alles weitererzählen, was uns mitgeteilt wird. Wir sind so diskret wie möglich.«

Talke Fabricius nickte nachdenklich. »Also, unser Hausjurist sprach mit meinem Vorgesetzten darüber und es wurde eine interne Untersuchung angeordnet. Das heißt konkret, dass ich Herrn Renkens alte Fälle durcharbeiten und seine momentanen streng überwachen sollte. Das war eine Menge Mehrarbeit, die völlig unnötig meine Aufmerksamkeit band. Darum habe ich auch diese weiteren Beschwerden einfach weggeworfen. Der eine

Beschwerdebrief hatte schon genug Unruhe gestiftet, fand ich.«
Er seufzte. »Das hat sich dann ja jetzt erledigt.«

»Das erleichtert Sie?«

»Ein wenig, wie ich zugeben muss«, sagte er und nahm einen Schluck von seinem Kaffee.

»Wusste Herr Renken von den Vorwürfen?«

»Ja, wir haben darüber gesprochen. Er hielt sie für ebenso haltlos wie ich. Dass ich seine momentanen Fälle deswegen genau im Blick hatte, wusste er aber nicht.«

Evert nahm einen Schluck von seinem Kaffee.

»Woran arbeitete Herr Renken im Augenblick?«, fragte Wiebke.

»Mehrere Fälle – ich muss gestehen, dass ich die letzten Wochen die genaue Kontrolle seiner Arbeit etwas vernachlässigt habe, da ich sie, wie erwähnt, unnötig fand. Als Vorgesetzter hat man andere Aufgaben zu erledigen, als das Tagesgeschäft von einem Einzelnen zu überwachen.«

»Können Sie sich jemanden vorstellen, der so eine Wut auf Herrn Renken hatte, dass er ihn umgebracht haben könnte?«

Talke Fabricius schüttelte den Kopf. »Nein, das ist nicht nachvollziehbar für mich. Wirklich, das verstehe ich nicht.«

Evert reichte ihm seine Karte.

»Wir wüssten dann noch gerne, was Sie nach dem Abendessen gemacht haben.«

»Ich bin mit dem Auto nach Greetsiel gefahren und habe mir den malerischen Hafen angesehen.«

»Gibt es Zeugen dafür? Haben Sie vielleicht mit jemandem geredet oder einen Kaffee getrunken?«, fragte Wiebke.

»Nein, tut mir leid. Ich bin nur etwas herumgelaufen.«

»Gut, das wäre so weit erstmal alles von uns. Stimmen Ihre Kontaktdaten so, wie wir sie vom Hotel bekommen haben?« Wiebke nannte sie ihm.

»Sicher«, sagte Talke Fabricius. Danach stand Evert auf und führte ihn zurück zum Seminarraum, in dem sich noch immer die anderen Mitarbeiter befanden.

Da einer von ihnen im Augenblick referierte, bat Evert jene am nächsten zur Tür sitzende Frau, als Nächstes mitzukommen.

Letztlich war ihm die Reihenfolge erstmal egal, denn sie würden mit allen sprechen müssen.

Evert bemerkte gleich, dass der Mann, der neben der Frau saß, ihr einen sonderbaren Blick hinterherwarf.

Die Frau folgte ihm ins Besprechungszimmer zu Wiebke.

Kapitel 2

»Sie sind Frau …?«, begann Wiebke das Gespräch.

»Eppmann, Andrea Eppmann«, antwortete die Mittdreißigerin, die nun mit ihnen hier saß. Ihre dunklen Haare waren leicht gelockt und zu einem Zopf gebunden. Um ihren Hals lag eine schmale Lederkette mit einem kleinen Anhänger mit zwei Händen, die ein gekröntes Herz hielten.

Frau Eppmann bemerkte Everts Blick und fasste sich unwillkürlich an die Kette. »Ein Geschenk meines Mannes«, sagte sie. »Ein Claddagh oder so. Ich weiß nicht genau, wie man das richtig ausspricht. Ist ein irisches Symbol.«

»Verstehe«, meinte Evert. »Frau Eppmann, wie war Ihr Verhältnis zu Herrn Renken?«

»Verhältnis? Ich habe mich immer gut mit Bajo verstanden«, meinte sie. »Ich kann es gar nicht glauben. Wir haben gerade, als der Fabricius weg war, erstmal eine Pause gemacht. Er mag so professionell sein, das … aber das ging nicht. Bajo ist tot, und Sie glauben, es war Mord, ja?« Sie sah von Evert zu Wiebke.

»Ja, wir gehen von einem Gewaltverbrechen aus«, gab Wiebke neutral zurück. Weder sie noch Evert wollten zu sehr ins Detail gehen.

»Das ist furchtbar.«

»Es ist sicherlich nicht leicht für Sie, aber wir müssen einige Fragen klären«, sagte Evert. »Sie sagten, dass Sie sich gut mit Herrn Renken verstanden. Kannten Sie sich schon länger?«

»Ja, er war ein netter Kollege, nicht mehr, aber auch nicht weniger. Man konnte gut mit ihm zusammenarbeiten. Er war schon bei der Boomstark-Versicherung, als ich vor neun Jahren anfing.«

»Wann haben Sie ihn das letzte Mal gesehen?«

»Das war gestern beim Essen, am späten Nachmittag.«

»Wann genau?«, fragte Wiebke.

»So nach sechzehn, vielleicht siebzehn Uhr.«

»Wissen Sie, wo er gestern Abend gewesen ist, als Sie alle Zeit zu Ihrer freien Verfügung hatten?«

»Ich glaube, er wollte in die Hauener Pütten gehen oder an den Deich. Wir haben uns kurz darüber unterhalten, wie schön die Aussicht da sein soll.«

»Wissen Sie, ob ihn jemand begleitet haben könnte?«

»Nein, ich habe mich nicht lange mit ihm unterhalten. Ich war k. o., weil wir morgens eine Wanderung unternommen haben, und wollte es mir mit meinem Mann Harm gemütlich machen.«

»Er arbeitet auch bei der Versicherung?«, fragte Evert und erinnerte sich an den Mann, der Frau Eppmann hinterhergesehen hatte.

»Ja, er ist nicht so gut zu Fuß, wir wollten etwas Ruhe haben.«

»Gab es mal Schwierigkeiten, von denen Herr Renken erzählt hat?«

»Private Schwierigkeiten oder auf der Arbeit?«

»Egal wo.«

»Privat weiß ich von keinen Problemen. So gut kannte ich ihn nicht, weil wir nur geredet haben wie Kollegen. Ich weiß nicht mal, ob er in einer Beziehung war, aber verheiratet war er wohl nicht. Aber bei der Arbeit, da gab es Ärger.«

»Und zwar?«, wollte Evert wissen.

»Hat Herr Fabricius nichts davon erzählt?«

»Wir wüssten gerne Ihre Perspektive darauf.«

»Ach, da war dieser Fall mit der Rentnerin, die uns betrogen hat. Da müssen Sie den Jabbo fragen, der steckte mit Bajo da drin.«

»Jabbo?«

»Jabbo Fischer. Der kannte Bajo besser als ich. Ich hatte ja nur beruflich mit ihm zu tun.«

Es klopfte an der Tür.

Bevor Evert etwas sagen konnte, öffnete der Enddreißiger, der Frau Eppmann etwas seltsam angesehen hatte, als sie den Raum verlassen hatte.

»Moin«, sagte er. »Wir machen jetzt erstmal Pause und bekommen von Herrn Wiard was zu essen gebracht. Ich wollte mal fragen, ob du und Sie auch was wollen.«

»Das ist mein Mann Harm«, sagte Frau Eppmann.

»Wir wollten einzelne Befragungen«, setzte Wiebke an, doch Evert unterbrach sie: »Wollen Sie sich dazusetzen? Wir wollen die Befragung eben noch zu Ende führen.«

Wiebke sah Evert irritiert an, nickte dann aber. Sie verstand, dass Evert die beiden gerne im Umgang miteinander sehen wollte.

»Sicher, gern«, sagte Harm Eppmann und setzte sich neben seine Frau.

»Wie standen Sie zu Herrn Renken?«

»Also, Herr Renken war ein guter Kollege. Immer sehr gewissenhaft.«

»Gab es Probleme, von denen Sie mitbekommen haben?«

»In letzter Zeit hat er einige schwierige Fälle mit Jabbo Fischer gehabt, da müssen Sie sich mal erkundigen.«

»Habe ich ihnen auch schon gesagt«, meinte Andrea Eppmann.

»Oh ja, dann reden Sie mal mit Jabbo.«

»Das machen wir. Wann haben Sie Herrn Renken zuletzt gesehen?«

»Das war gestern beim Essen. Danach hatten wir den restlichen Nachmittag zur freien Verfügung, und meine Frau und ich haben uns etwas hingelegt. Wir waren beide sehr müde.«

»Ja, wir haben etwas ferngesehen und sind eingedöst«, fügte sie hinzu.

»Bis wann haben Sie geschlafen?«

»Bis nachts, dann bin ich nochmal aufgestanden, habe mir was anderes angezogen und bin wieder ins Bett gegangen«, sagte Harm Eppmann.

»Sie auch, Frau Eppmann?«

»Die lag da schon in Nachtsachen«, erinnerte sich Harm und sah seine Frau an. »Du hast mich geweckt, oder?«

»Ja, ich bin wach geworden, habe mich umgezogen und dann Harm geweckt, damit er nicht total verspannt aufwacht, wenn er in seinen Straßenklamotten schläft«, meinte sie.

»Es war also keiner von Ihnen beiden nochmal draußen unterwegs?«

»Ich denke nicht«, meinte Harm. »Ich habe einen guten Schlaf.«

»Ich ebenso«, meinte Frau Eppmann.

»Könnte sich einer von Ihnen beiden vorstellen, warum Bajo Renken ermordet wurde?«

»Nein«, sagte Andrea Eppmann, und ihr Mann schüttelte den Kopf.

»Wir bräuchten noch eben die Bestätigung, dass die Kontaktdaten von Ihnen stimmen«, bat Evert. Er ging die Adresse und die Handynummern mit ihnen durch.

»Gut, das wäre erstmal alles so weit. Könnten Sie Herrn Fischer sagen, dass er als Nächstes hereinkommen soll?«

»Sofort«, sagte Harm Eppmann und die beiden verließen den Raum.

»Wieso wolltest du ihn dabeihaben?«

»Er hat sie seltsam angesehen, als ich sie zur Befragung mitnahm, und sie hat mehrmals betont, dass Bajo Renken und sie sich nur flüchtig kannten. Ihr Mann sah eifersüchtig aus, und ich dachte, es ist interessant zu sehen, wie sie bei der Befragung miteinander agieren.«

»Und ihr Schmuck.«

»Ihr Schmuck?«

»Die Kette, die sie trug, das ist ein Claddagh-Symbol aus der irischen Folklore. Es steht für Treue.«

»Vielleicht der Wunsch von Harm Eppmann«, meinte Evert.

»Vielleicht«, nickte Wiebke. »Möglicherweise aber auch nur wirre Spekulation.«

»Vielleicht.«

»Sollen wir die beiden nochmal getrennt vernehmen?«, fragte Wiebke. »So ganz nach Plan war das nicht.«

»Ich sehe erstmal keinen Anlass«, meinte Evert. »Du etwa? Ich würde vorschlagen, wir machen weiter und verschaffen uns erstmal einen vernünftigen Überblick über die Lebenssituation des Mordopfers.«

»Ja«, sagte Wiebke. Weiter kam sie nicht. Es klopfte an der Tür. Ein Mann Anfang vierzig öffnete und trat direkt ein.

»Moin«, sagte er und fuhr sich etwas nervös mit der Hand über seine Glatze. Sein Bart wirkte stoppelig. »Ich sollte zu Ihnen kommen.«

»Jabbo Fischer?«, fragte Wiebke.

»Genau der bin ich.«

»Dann setzen Sie sich bitte«, forderte Evert ihn auf.

Er merkte, wie Fiete den Kopf hob und schnüffelte.

Jabbo Fischer setzte sich auf den freien Platz gegenüber den beiden Ermittlern.

»Darf ich?«, fragte Jabbo Fischer und deutete auf die Teekanne.

»Sicher.«

Herr Fischer nahm sich eine Tasse, ließ die Kluntjes klirrend hineinfallen und goss den heißen Tee darüber, sodass es knisterte. Zum Schluss nahm er den Sahnelöffel und gab einige wenige Tropfen hinzu.

»Wie war Ihr Verhältnis zu Herrn Renken?«, fragte Evert.

Jabbo Fischer hielt die Tasse fest und sah in sie hinein. Er erwiderte nicht sofort den Blick des Ermittlers.

»Gut. Ich kann gar nicht glauben, dass er ... ist es hier geschehen? Direkt in den Hauener Pütten?«

»Zu diesem Zeitpunkt können wir dazu nichts sagen«, meinte Wiebke. Evert fügte nichts hinzu. Zwar war es aus ermittlungstaktischen Gründen besser, so etwas geheim zu halten, aber sie wussten es schließlich selbst noch nicht genau. Bajo Renken konnte überall getötet worden sein, der Fundort der Leiche musste nicht auch der Tatort sein.

»Ja, klar, Sie suchen ja einen Mörder, da können Sie einem nicht alles erzählen«, meinte Jabbo Fischer und hob nun doch den Blick. »Also gut, was kann ich für Sie tun?«

»Wir versuchen Herrn Renkens Hintergrund besser zu verstehen. Arbeiteten Sie zusammen?«

»Ja, wir haben uns einige Jahre das Büro geteilt. Seit wir im neuen Gebäude waren, hatten wir beide eigene Räume, aber die lagen nebeneinander. Man kennt sich. Ich weiß nicht, ob wir Freunde waren, aber gute Kollegen, das schon.«

»Wann haben Sie ihn das letzte Mal gesehen?«

Jabbo Fischer kratzte sich am Kinn. »Gestern Nachmittag beim Essen. Wir haben uns nett unterhalten und dann ist Bajo rausgegangen. Er wollte vielleicht bis zum Meer spazieren. Der Deich ist ja nicht weit von hier und das Naturschutzgebiet ist auch schön am Abend.«

Fiete stand vorsichtig auf. Evert bemerkte das Ziehen an der Leine.

»Hatte er in letzter Zeit Schwierigkeiten?«, fragte der Ermittler.

Fiete war unter dem Tisch zu Bajo Fischer herangeschlichen und schnüffelte nun ausgiebig an dessen Hose.

»Na, wer ist das denn?«, fragte Herr Fischer und beugte sich vor. »Den habe ich ja gar nicht gesehen. Ganz schön groß. Was ist das für einer?«

»Ein Labrador Retriever.«

»Und ein schöner. Ich rieche nach Hund, ich habe selbst zwei Stück. Das macht andere Hunde immer ganz neugierig.«

»Das kenne ich«, stimmte Evert zu. »Zu meiner Frage: Gab es in letzter Zeit Kunden, die unzufrieden mit Herrn Renken waren, oder private Probleme, von denen Sie mitbekommen haben?«

»Also bei der Boomstark-Versicherung hatten wir ja immer mal schwierige Fälle«, meinte Herr Fischer. »Der Bajo und ich arbeiteten jetzt für locker fünfzehn Jahre hier. Da bleibt Ärger nicht aus. Im Moment ist der Ärger aber definitiv Alma Jannsen.«

»Was für einen Ärger gibt es denn mit Frau Jannsen?«

»Nichts, was mit dem Fall zu tun hat«, meinte Jabbo Fischer und trank einen Schluck von seinem Tee. »Das traue ich ihr nicht zu. Die Frau ist Rentnerin und etwas klapprig, auch wenn sie einen eisernen Willen hat.«

»Erzählen Sie trotzdem bitte mal von vorne«, bat Wiebke.

Jabbo Fischer streichelte Fiete über den Kopf und schob ihn etwas weg, weil ihm das Geschnüffel offenbar jetzt zu viel wurde.

Evert zog etwas an der Leine und Fiete kam zurück zu ihm, setzte sich aber nicht hin, sondern schien weiter angestrengt zu riechen.

»Also, Frau Alma Jannsen hat mit ihrem Auto einen schweren Unfall verursacht. Frau Jannsen ist auch schon seit Jahren bei uns eine treue Kundin und wir haben alles brav bezahlt. Allerdings hat sie, soweit es Bajos Gutachten angeht, Schuld an dem Unfall und wir würden uns normalerweise über höhere Beiträge das Geld von ihr zurückholen.«

»So weit, so nachvollziehbar«, meinte Evert.

»Ja«, sagte Jabbo Fischer gedehnt. »Wäre Frau Jannsen nicht im Aufsichtsrat der Boomstark-Versicherung, wäre das alles kein Problem und ein Fall wie jeder andere.«

»Sie ist damit Ihre Vorgesetzte?«

»Indirekt ist sie die Vorgesetzte meiner Vorgesetzten, um es mal so auszudrücken. Ich habe zufällig mitbekommen, wie Herr Fabricius neulich mit Bajo gesprochen hat und ihm durch die Blume zu verstehen gab, dass das alles keiner genauen Prüfung bedarf. Frau Janssen hätte ja viele Jahre Beiträge bezahlt, die müssten nicht angepasst werden, und das sollte man besser auf sich beruhen lassen.«

»Wie fand Herr Renken, dass er das Ganze auf sich beruhen lassen sollte?«, fragte Wiebke und hob eine Augenbraue.

»Wir haben hinterher mal beim Kaffee darüber geredet. Bajo war ziemlich sauer deswegen. Ich glaube nicht, dass er das so auf sich beruhen lassen wollte. Ich habe ihm gut zugeredet, erstmal zu überlegen. Der Aufsichtsrat ist durchaus einflussreich, auch wenn man ihn nicht gleich rauswerfen wird. Aber Frau Jannsen ist die Tochter eines der Gründer und die Mutter eines weiteren Aufsichtsratsmitglieds. Der Wunsch, sie bevorzugt zu behandeln, ist ja nachvollziehbar.«

»Das entspräche aber nicht den Regeln, denen alle Versicherten ihren Verträgen gemäß zustimmen, oder?«, meinte Wiebke.

»Nein, genau das störte Bajo auch. Er wollte den Workshop hier abwarten und nochmal mit Herrn Fabricius sprechen und sich dann entscheiden, wie er den Fall behandelt.«

»Wissen Sie, ob die beiden schon darüber gesprochen haben?«

»Nein, haben sie nicht. Ich habe gestern mit Bajo beim Essen kurz darüber geredet, ob es schon Neuigkeiten im Fall Jannsen gäbe, und er meinte nicht. Es wäre keine Zeit gewesen.«

»Verstehe, haben Sie sich auch über die Fortbildung ausgetauscht? Mochte Herr Renken die Veranstaltung hier? Es gibt sicher Reibereien, wenn alle so eng aufeinanderhocken.«

»Ach, er mochte das. Das teambildende Zeug wie die Wanderungen sind nicht meins, aber er mochte den Kontakt. Er war sehr umgänglich. Es war nur etwas dicke Luft zwischen ihm und Harm.«

»Harm Eppmann? Was ist das Problem zwischen ihm und Herrn Renken gewesen?«

»Ach, man muss sich ja nicht immer verstehen.«

»Ja, aber meist hat es einen Grund, oder?«

»Ja nu, ich will nicht über einen toten Freund reden und ihn schlecht machen.«

Evert wartete ab und sah Jabbo Fischer eine Weile an.

Herr Fischer trank noch einen Schluck Tee und fuhr dann fort: »Aber, also, ich glaube, der Harm denkt, dass Bajo was mit der Andrea hatte.«

»Hatte Herr Renken denn Ihres Wissens eine Affäre mit Andrea Eppmann?«, fragte Wiebke.

Jabbo Fischer zuckte die Schultern. »Bajo war immer einer, der gerne ein paar Optionen hatte. Auf der Kurzwahltaste, wenn ich das so sagen darf.«

»Sie wissen es aber nicht genau?«, ließ Wiebke nicht locker.

»Ich nehme an, dass er was mit einer Kollegin hatte, weil er sonst nie ein Geheimnis daraus machte, wenn er eine Beziehung hatte. Er hatte da irgendjemanden, mit dem er sich immer mal getroffen hat. Ich habe ja immer eher angenommen, es ist Philippa. Also Philippa Weerda. Ist auch bei uns in der Abteilung und jünger als die Andrea.«

»Wie kamen Sie darauf?«

»Sie war immer so nett, und dann fing sie an, richtig biestig mit ihm zu werden. Ich dachte, da ist was vorgefallen. Aber vielleicht hatte sie ja auch nur eine Weile Kreide gefressen. Frauen, da blickt man eh nicht durch.« Er hob entschuldigend die Schultern.

»Wann fing Frau Weerda an, unfreundlich gegenüber Herrn Renken zu werden?«, erkundigte sich Evert.

»Das war erst vor einer Woche oder so. Ist jedenfalls nicht lange her.«

»Wir würden eben noch gerne die Kontaktinformationen, die wir von Ihnen haben, abgleichen.«

»Sicher«, sagte Herr Fischer und bestätigte diese, nachdem Wiebke sie ihm gezeigt hatte.

»Wenn ich so drüber nachdenke, dann war die Philippa erst vorgestern so richtig sauer. Gestern sind wir ja hergekommen und haben eine Wanderung gemacht sowie ein paar Vorträge und dieses Spielen mit Bauklötzen. Aber vorgestern war noch ein normaler Arbeitstag. Da war sie etwas giftig im Umgang. Ich denke, es hatte mit Bajo zu tun. Aber vielleicht hatte sie auch einfach ihre Tage.«

»Dann schicken Sie bitte jetzt Frau Weerda zu uns, wenn Sie in den Raum zurückgehen, ja?«

»Ja, sicher.«

»Nur eine Frage noch«, sagte Wiebke. »Wo waren Sie gestern nach dem Essen?«

»Hier, im Hotel. Ich habe etwas ferngesehen und ein wenig Arbeit erledigt. Da ist ein dringender Versicherungsfall, den ich nicht abschließen konnte vor dem hier, und Herr Fabricius hat sicher wenig Verständnis, wenn ich sage, dass ich wichtige Fristen verpennt habe.«

»Verstehe, haben Sie vielen Dank.«

Er stand auf und verließ den Raum. Fiete legte seinen Kopf auf Everts Knie und sah zu seinem Herrchen. Er schnaufte einmal.

Evert legte dem schwarzen Labrador Retriever die Hand auf den Kopf und kraulte ihn nachdenklich.

Bevor er etwas zu Wiebke sagen konnte, klopfte es und Jabbo Fischer trat erneut ein.

»Öhm, ich wollte nur Bescheid geben, dass Frau Weerda gerade nicht da ist.«

»Wie nicht da?«, echote Wiebke. »Sie sollte wie auch alle anderen auf uns warten.«

»Sie ist kurz vorm Hotel auf dem Parkplatz, eine rauchen. Soll ich sie zu Ihnen holen?«

Wiebke seufzte. »Nein, ist in Ordnung. Wir gehen zu ihr«, sagte sie. Evert nickte, stand auf und trank den letzten Schluck aus seiner Kaffeetasse.

»Warten Sie bitte bei den anderen.«

»Das mache ich«, sagte Jabbo Fischer.

Sie verließen den Raum und gingen zurück zum Eingang des Hotels. Herr Wiard war nicht zu sehen, lediglich ein Schild auf dem Tresen verriet, dass man eine Handynummer anrufen sollte, wenn man ihn zu sprechen wünsche.

Vor dem Hotel stand eine Frau, die aussah wie Ende dreißig, mit kurzen blonden Haaren und großen Federohrringen, und rauchte. Ihre Augen waren geschlossen, während sie an der Zigarette zog, und einen Moment sah es so aus, als würde sie die Welt um sich herum vergessen.

»Philippa Weerda?«, fragte Wiebke.

Die Frau atmete einen Schwall Rauch aus und öffnete die Augen. »Ja?« Ihre strahlend eisblauen Augen musterten sie beide.

»Wir wollen Ihnen ein paar Fragen stellen, zu Herrn Renken.«

»Bajo ist tot«, sagte sie und nahm einen weiteren Zug.

»Das ist er leider. Sie haben unser aufrichtiges Beileid. Haben Sie sich gut mit Herrn Renken verstanden?«

»Es geht«, gab sie zurück. »Er war ein guter Kollege. Nett und unkompliziert.«

»Sie wirken sehr mitgenommen von seinem Tod.«

»Verzeihen Sie mir, dass ich Mitgefühl zeige. Er ist immerhin ermordet worden, oder?« Ihre Stimme troff vor Sarkasmus.

»Das ist wahr. Ich wollte nicht taktlos sein.«

Sie nahm noch einen Zug und atmete langsam aus. »Sind Sie nicht. Ich bin nur sauer auf mich. Ich war nicht sonderlich nett, als ich das letzte Mal mit Bajo geredet habe, und jetzt ist er tot. Das gibt einem zu denken.«

»Was war der Anlass Ihrer Streitigkeiten?«

»Nichts Besonderes. Es wirkt alles so unwichtig auf einmal, jetzt, da er tot ist.«

»Wir versuchen, die Umstände von Herrn Renkens Tod zu verstehen, und dafür ist es wichtig, mehr über ihn zu erfahren. Was ihn zum Beispiel vor seinem Tod beschäftigte. Für uns ist es also sehr wohl wichtig.«

Ein Ruck ging durch Philippa Weerda und sie sah Evert direkt an. Ihr Blick war für ihn schwer zu deuten.

»Ja, sicher, Herr Brookmer, richtig?«

Evert nickte.

»Also gut, wir haben da einen Versicherungsfall, für den Bajo das Gutachten gemacht hat. Sagt Ihnen Alma Jannsen etwas?«

»Wir hörten davon, dass er den Fall bearbeitet hat«, gab Evert zurück.

»Ich weiß nicht, was man gesagt hat, aber Frau Jannsen ist im Vorstand der Boomstark-Versicherung und war ganz und gar nicht der Meinung, dass eine Beitragserhöhung angemessen ist. Sie war außerdem nicht der Meinung, dass sie Schuld an ihrem Unfall hatte.«

»Wie führte das zu Spannungen zwischen Ihnen und Herrn Renken?«

Frau Weerda seufzte. »Er hat sich vor der Ortsbesichtigung des Fahrzeugs von Frau Jannsen Bilder schicken lassen. Da war er der Meinung, dass alles dafür spricht, dass sie dem anderen die Vorfahrt genommen hat, so wie es zu Protokoll gegeben wurde. Dann aber, einen Tag bevor wir hierhergefahren sind, hieß es, wir sollten Frau Jannsen nicht hochstufen und das alles auf sich beruhen lassen. Sie fährt ja eh nicht mehr so viel Auto und hat viel Gutes für die Versicherung getan.«

»Er hat sein Urteil im Gutachten also geändert«, fasste Evert zusammen.

»Ja, einfach so.«

»Und das machte Sie wütend?«, erkundigte sich Evert. Jabbo Fischer hatte gesagt, dass Bajo Renken das erst noch mit Herrn Fabricius hatte klären wollen. Evert nahm an, dass Bajo Renken das entweder Frau Weerda gegenüber nicht erwähnt hatte oder Herr Fabricius bereits klargemacht hatte, wie er da entscheiden sollte.

»Würde es Sie nicht wütend machen? Wir haben Regeln, und die gelten auch für den Vorstand.«

»Das kann ich gut nachvollziehen«, sagte Wiebke. »Sie haben ihn dann sicher deswegen konfrontiert?«

»Habe ich und er meinte, vor Ort hätte es halt anders ausgesehen. Er sei der Gutachter, ich solle hier nicht so viel Wind machen.«

»Was taten Sie daraufhin?«

»Ich habe professionell weitergearbeitet und es auf sich beruhen lassen. Was sollte ich denn tun? Zu Herrn Fabricius gehen und sagen, ich habe mehr Ahnung von der Sache als der Gutachter? Dass ich dem Vorstand ans Bein pinkeln will? Das hätte dem Fabricius auch nicht gefallen.«

»Sie sollen sich aber Herrn Renken gegenüber schon einige Tage vorher unfreundlich verhalten haben. Können Sie uns was dazu sagen?«

»Ich war vielleicht manchmal etwas bissig, aber nur, weil Bajo hin und wieder nachlässig war bei seinen Dokumenten und beim Archivieren von Unterlagen. Sowas stört mich, weil es wichtig ist. Wer hat denn behauptet, dass ich unfreundlich war?«

»Jemand hatte den Eindruck, dass sich Ihr Verhältnis zum Schlechten geändert habe.«

»Na, das hilft mir ja herauszufinden, was unfreundlich gewesen sein soll. Vielleicht war ich in letzter Zeit besonders kritisch. Ich war in letzter Zeit ein wenig angespannt. Meine Tante ist gestorben und ich habe mich nicht nur mit um die Beerdigung kümmern müssen, sondern auch um das Ausräumen der Wohnung. Sie glauben nicht, was eine alte Frau alles für Zeug in ihrem Keller lagert …« Sie nahm noch einen Zug von der Zigarette, die beinahe heruntergeglommen war, warf sie auf den Boden und drückte sie mit dem Absatz aus. »Jetzt werde ich mich nicht mehr entschuldigen können.«

»Entschuldigen wofür genau?«, fragte Evert. Er hatte das Gefühl, dass es um mehr als ein wenig Unfreundlichkeit ging. Diese Frau schien sehr mit Schuldgefühlen zu kämpfen.

»Dass ich ihn eine feige rückgratlose Ratte genannt habe, weil er so vor einer alten Frau kuscht, nur weil sie im Vorstand ist und Ärger bedeuten könnte. Jeder Mensch hat einen Preis, und offenbar musste man ihn nicht mal richtig bedrohen, damit er einknickt.« Sie blinzelte und zog ein Taschentuch hervor. Dann tupfte sie an ihrem Auge entlang, damit eine Träne nicht ihr Make-up verwischte. »Er meinte, das könnte ich so sehen, und danach haben wir hier die ganze Zeit nicht miteinander geredet. Das ist das Letzte, was ich zu ihm gesagt habe. Er war immer nett zu mir, ein guter Kollege und …« Sie schüttelte den Kopf und sah auf die Uhr. »Was wollen Sie noch wissen?«

»Wo waren Sie gestern nach dem Essen?«

»Im Hotel und dann etwas spazieren.«

»Wohin sind Sie spazieren gegangen und wann?«

»Ich weiß es nicht mehr, ich habe nicht auf die Uhr gesehen. Irgendwann, bevor es dunkel wurde, bin ich etwas um das Naturschutzgebiet gelaufen und habe mir drüben an der Schutzhütte einige Vögel angesehen. Ich habe kein Fernglas mitgehabt, also war es nicht so spannend, und ich bin wieder zur Schafhütte hergekommen. Dann bin ich auf mein Zimmer gegangen und habe mich an meinen Vortrag gesetzt, den ich gleich noch halten soll. Ich soll eine kleine Übersicht über einen Fall von vor einigen Jahren geben, an dem man gut erklären kann, wie bestimmte rechtliche Besonderheiten greifen, wenn es um die Schuldfrage bei Unfällen geht.«

»Hat Herrn Renken etwas belastet?«

»Ich war sauer auf ihn, ich habe nicht viel mit ihm geredet.«

»Wissen Sie trotzdem jemanden, der wütend auf ihn war?«

»Ich hatte das Gefühl, dass Herr Fabricius sehr angespannt war. Aber ich nehme mal an, das war er wegen des Vorstands. Bajo wird ja den Schwanz wegen Frau Jannsen nicht einfach so eingezogen haben, sondern weil man ihm das nahegelegt hat.«

»Gut, das wäre erstmal alles von uns. Ihre Kontaktdaten stimmen so?«

»Sicher«, sagte sie nach einem Blick auf den Zettel. Sie zögerte dann kurz, als wollte sie noch etwas sagen.

Evert schwieg und wartete ab. Die Pause wurde immer länger, bis Philippa Weerda sich räusperte.

»Ich will nicht schlecht über einen Toten reden«, sagte sie.

»Das müssen Sie auch nicht. Wir wollen nur Ihre ehrliche Meinung«, gab Evert zurück. Er sah, wie es in seinem Gegenüber arbeitete.

»Bajo war nett und bei allen beliebt, aber … er war nicht nur so.«

»Wie war er denn?«

»Ich habe viel mit ihm zusammengearbeitet, und er war nachlässig. Er war unordentlich. Seine Dokumente waren falsch geführt, unzureichend ausgefüllt und manchmal gar nicht gepflegt. Das kann in unserer Branche teuer werden. Aber vor allem interessierte ihn sowas nicht. Er war einer, der Ihnen nett versprach, was Sie hören wollten, und ob er es dann wirklich erledigte, hing von zwei Dingen ab: ob es ihm wirklich Arbeit machte und ob es Ärger für ihn bedeutete, es nicht zu machen.« Sie atmete tief ein und aus, um sich zu beruhigen.

»Das ist ein harsches Urteil, trotzdem sind wir dankbar für Ihre Ehrlichkeit«, sagte Evert, der merkte, dass Philippa Weerda noch etwas sagen wollte.

»Behandeln Sie vertraulich, was man Ihnen sagt?«

»Sicher. Sofern es möglich ist.«

Sie biss sich kurz auf die Unterlippe. »Ich glaube, er hatte etwas mit einer Kollegin.«

Evert warf seiner Kollegin einen Blick zu.

War es Frau Eppmann?, dachte er und konnte sehen, wie Wiebke sich das Gleiche fragte.

»Mit wem, denken Sie, hatte er eine Beziehung?«

»Mit Sarah Hinnen. Die beiden haben eine Zeit lang das gleiche Shampoo benutzt.«

Evert hob die Augenbrauen. »Bitte?«

»Na, ich kann gut Gerüche wahrnehmen. Das ist nicht immer sehr praktisch, wenn man da sensibel ist. Ich war schon immer besonders feinfühlig, was bestimmte Gerüche angeht. Ich mag zum Beispiel einfach nicht den leichten Zitronengeruch, den Frau Hinnen verströmt. Der ist deutlich riechbar, und ich weiß, dass Bajo zweimal letzten Monat auch so roch. Das kann kein Zufall gewesen sein.«

»Danke für den Hinweis«, sagte Evert etwas unschlüssig, was er mit dieser Information anfangen sollte.

Sie gingen mit Frau Weerda zurück zum Versammlungsraum. Dort saßen die anderen Mitarbeiter der Versicherung bei Kaffee und Kuchen zusammen.

»Moin, wir nochmal. Wir würden gerne noch mit Frau Sarah Hinnen sprechen«, sagte Evert und sah sich um. Er kannte alle Gesichter im Raum, es fehlte eine Frau mit blonden Haaren. »Wo finden wir die?«

»Sie ist in ihrem Zimmer, sie fühlte sich nicht gut«, sagte Talke Fabricius. »Es ist Nummer drei, oder?« Er sah in die Runde.

»Nein, drei ist meines«, gab Frau Weerda zurück. »Es ist Nummer zwei.«

»Gut, dann ist sie in Nummer zwei.«

Sie verließen den Raum und gingen zurück zur Rezeption.

»Da sagt man, Sie sollen alle dort auf uns warten«, begann Wiebke und schüttelte den Kopf. »So schwer war die Anweisung doch nicht.«

»Sie sind geschockt durch den Tod ihres Kollegen.«

»Ach was, die sind es gewohnt, zu machen, was sie wollen. Das sagt mehr über Herrn Fabricius' Führungsstil, als ihm lieb sein kann.«

Evert lächelte. »Vielleicht.«

Als sie an der Rezeption ankamen, saß Herr Wiard dort und las ein Buch. Er legte es zur Seite, als er die beiden Ermittler sah.

»Was kann ich für Sie tun?«

»Zimmer Nummer zwei, wir wollen zu Frau Hinnen.«

»Ja, sicher, da die Treppe an mir vorbei rauf und links. Sie sind sofort da. Frau Hinnen ist noch oben, die ist hier an mir vorbeigekommen.«

»Welches Zimmer hatte Herr Renken?«

»Das war Nummer vier. Die sind alle auf dem Flur dort, nur Herr Fabricius nicht.«

»Wo ist der einquartiert?«

»Der ist eine Etage drüber, da haben wir ein großes Studio-Apartment, und da nächtigt er.«

»Hat er sich das ausgesucht oder hatten Sie nichts mehr frei?«

»Er hat darum gebeten«, gab Herr Wiard zurück. »So als Chef will man ja vielleicht auch gut schlafen. Liegt ja auch die Verantwortung schwer auf den Schultern.«

»Sicher«, stimmte Evert zu. Sie bedankten sich und gingen hinauf, um an der Tür mit der goldenen Zwei in der Mitte zu klopfen.

Kapitel 3

Eine Frau Mitte dreißig mit schulterlangen blonden Haaren öffnete ihnen. Ihre braunen Augen waren leicht gerötet. Sie trug einen enganliegenden, figurbetonenden weißen Kapuzenpulli.

»Oh, hallo«, sagte sie.

»Frau Hinnen, wir wollten mit allen Kollegen von Herrn Renken sprechen«, sagte Wiebke, und Evert hörte deutlich den Vorwurf aus ihren Worten. Sie ging aber nicht weiter darauf ein und fuhr fort: »Können wir kurz hereinkommen und Ihnen ein paar Fragen stellen?«

»Ja, sicher, kommen Sie rein«, bat sie und trat zur Seite. In dem Zimmer hinter ihr war neben einem Doppelbett, auf dem diverse Kleidungsstücke verteilt lagen, noch Platz für eine breite Garderobe und einen schmalen Schreibtisch sowie zwei Stühle.

»Setzen Sie sich, ich nehme mit dem Bett vorlieb«, sagte sie. Während Frau Hinnen sich auf das Bett setzte, drehten Evert und Wiebke die beiden Stühle, sodass sie ihr gegenübersaßen.

Fiete setzte sich nicht neben Evert, sondern ging ein paar Schritte auf die Frau zu und schnüffelte neugierig an ihr. Er sah zu Sarah Hinnen hinauf und ein kurzes Lächeln huschte über ihre Züge. Sie schien sich etwas zu entspannen und streckte die Hand aus. Dann hielt sie inne und sah zu Evert.

»Kann man ihn gut streicheln?«

»Kann man«, bestätigte Evert, der Fiete ansah, dass er gestreichelt werden wollte. Da es Frau Hinnen zu beruhigen schien, wollte er den Hund nicht zu sich zurückrufen.

Frau Hinnen strich Fiete über den Kopf. Er legte den Kopf schief und schien sie beinahe nachdenklich zu mustern.

»Frau Hinnen, der Tod Ihres Kollegen tut uns sehr leid«, erklärte Evert. »Wir müssen aber einige Fragen stellen, um den Fall aufzuklären. Sie scheint der Tod von Herrn Renken sehr mitzunehmen.«

Sie zuckte mit den Schultern. »Würde Sie der Mord an einem Kollegen nicht sehr mitnehmen?«

»Doch, natürlich«, bestätigte Evert. »Trotzdem wüssten wir gerne, welche Beziehung Sie zu Herrn Renken hatten.«

Sie lächelte gezwungen. »Das ist es ja, eigentlich gar keine. Wir haben nicht mal an denselben Fällen gearbeitet. Er war nur ein Kollege. Aber als Sie da vorhin im Seminarraum auftauchten und sagten, er ist tot … Das hat mich doch sehr …« Sie hielt inne und schien nach Worten zu suchen. Evert wartete ab. »Es hat mich irgendwie getroffen«, fuhr sie dann langsam fort. »Ich glaube, weniger sein Tod als die Willkürlichkeit, mit der der Tod in unsere Mitte getreten ist. Ich war immer schon jemand, der sehr feinfühlig ist, und ich habe gemerkt, wie mich das aus meiner Mitte geworfen hat.«

»Und dann sind Sie auf Ihr Zimmer gegangen?«, fragte Wiebke.

»Ich habe ein wenig meditiert. Es gibt Übungen, mit denen Sie sich beruhigen können, wenn Sie spüren, dass Sie sehr aufgeregt sind. Das ist nichts Religiöses bei mir, sondern einfach eine mentale Übung, um mich auszugleichen.«

»Ist es Ihnen gelungen?«, erkundigte sich Wiebke.

Sarah Hinnen hob die Augenbrauen. »Ich denke ja.«

»In dem Fall hätten wir noch ein paar Fragen zu Herrn Renken. Sie sagen, Sie hatten kein enges Verhältnis. Trotzdem müssen wir wissen, wann Sie ihn das letzte Mal gesehen haben.«

»Das war gestern vor dem Essen.«

»Waren Sie nicht beim gemeinsamen Essen?«

»Nein, ich habe mich nicht gut gefühlt. Nicht nur ich bin feinfühlig, mein Magen ist es auch. Mir war nicht nach Essen, und ich habe einen kleinen Spaziergang gemacht, in die entgegengesetzte Richtung des Naturschutzgebiets, ins Inland.«

»Von wann bis wann?«

Sie kraulte Fiete am Kopf, und der Hund löste seinen misstrauischen Blick und schloss ein wenig die Augen.

»Das Essen muss so um sechzehn, siebzehn Uhr gewesen sein, ich bin also kurz vorher losgegangen und vielleicht eine, eher zwei Stunden später wieder hier gewesen.«

»Haben Sie Herrn Renken oder jemanden der anderen Mitarbeiter der Versicherung bei Ihrem Spaziergang gesehen?«

»Nein, da war niemand.«

»Wie war Ihr Eindruck von Herrn Renken?«

Sie zuckte mit den Schultern. »Er war ein netter Kollege, schon einige Jahre länger dabei als ich und man konnte ihn mal fragen, wenn was nicht klappte. Die Software, die wir benutzen, hat manchmal so ihre Tücken, und manche Verwaltungsvorgänge fußen auf Regeln und Gesetzen, die alles andere als selbsterklärend sind.« Sie zuckte erneut die Schultern. »Sonst haben wir wenig miteinander zu tun gehabt.«

»Hatten Sie den Eindruck, dass Herrn Renken in letzter Zeit etwas belastete?«

»Nein, aber er war auch eher so der Typ, der lächelt und sagt, das klärt sich alles schon. Ein wenig sorglos wirkte er vielleicht immer.«

»Hatte er Feinde?«

»Nein, nicht, dass ich wüsste.«

»Keine Konflikte innerhalb der Arbeit oder einen besonders schwierigen Fall?«

»Wie gesagt, nicht, dass ich es mitbekommen hätte. Aber ich stecke ja nicht in seiner Arbeit drin.«

Sie verschränkte die Arme vor der Brust. Da sie dabei auch aufhörte, Fietes Kopf zu kraulen, öffnete der schwarze Labrador Retriever die Augen und sah sie neugierig an.

»Wir haben gehört, dass Sie möglicherweise eine Beziehung mit Herrn Renken unterhielten«, sagte Evert dann.

Sarah Hinnen musterte Evert mit einem Blick, den der Ermittler schwer deuten konnte. »Ich und Bajo?«

»Sie und Herr Renken«, bestätigte er.

»Wer sagt denn sowas?«

»Kollegen haben das angedeutet.«

Sarah Hinnen schüttelte den Kopf.

»Bajo war beinahe zehn Jahre älter als ich. Das ist nichts für mich. Ich habe einen Bruder in dem Alter. Also nein, das muss eine Falschmeldung auf dem Flurfunk gewesen sein.«

»Verstehe«, sagte Evert und ließ das Ganze vorerst auf sich beruhen.

»Und Sie wissen von gar keinen Animositäten von Herrn Renken und anderen Mitarbeitern?«

»Philippa war die letzten Tage zu allen etwas unleidlich, wenn Sie das meinen. Keine Ahnung, ob es Bajo besonders getroffen hat. Der Rest von uns ist erwachsen und benimmt sich nicht gleich irrational, nur weil wir mal einen schlechten Tag haben. Sehen Sie, wenn man sehr einfühlsam ist, dann kann es sehr nützlich sein, sich von den kleineren Konflikten, die die Leute untereinander haben, bewusst abzuschotten. Sonst trägt man eine große Last mit sich herum, und das ist auf Dauer ungesund.«

»Gut, wir benötigen noch die Bestätigung Ihrer Kontaktinformationen«, sagte Evert und gab ihr seine Karte. »Hier erreichen Sie uns, sollte Ihnen noch etwas einfallen.«

Sie glichen die Kontaktdaten mit ihr ab und verabschiedeten sich. Nachdem sie das Zimmer verlassen hatten, ging Wiebke weiter zur Zimmertür von Bajo Renken und benutzte die eingetütete Zugangskarte, um das Schloss zu öffnen.

Evert band Fiete mit der Leine an einen Blumentopf im Flur und wies ihn an sich hinzusetzen. Sollten sich verwertbare Spuren im Zimmer finden, wollte er nicht, dass der Hund sie durcheinanderbrachte.

Sie betraten das Zimmer, das sich im Schnitt und der Einrichtung nicht von dem von Sarah Hinnen unterschied.

»Was hältst du von der ganzen Sache?«, meinte Evert.

»Ich denke, Philippa Weerda hat sich geirrt. Nur weil Sarah Hinnen und der Verstorbene Herr Renken mal gleich gerochen haben, heißt das ja nicht, dass sie die gleiche Dusche geteilt haben.«

»Sie hat allerdings mehrfach betont, dass sie ihn nicht gut kannte.«

»Und?«

»Das ist, finde ich, recht seltsam. Man betont nicht grundlos etwas so oft. Es muss einem wichtig sein. Die Frage ist nur, warum ist ihr der Punkt so wichtig?«

Evert zog sich, wie auch Wiebke, ein Paar Gummihandschuhe an.

»Na ja, das kann auch eine Überinterpretation sein«, meinte Wiebke.

Sie sahen sich, während sie sprachen, im Zimmer von Bajo Renken um. Evert ging ins Bad. Dort befand sich eine lederne Kulturtasche, neben der beinahe achtlos eine Zahnbürste sowie eine Tube Zahnpasta abgelegt worden waren. Ein Akku-Rasierer steckte in der Wandsteckdose und zeigte mit seiner gleichmäßig grün leuchtenden Lampe an, dass er aufgeladen war.

Evert ging zurück in das Hauptzimmer. Wiebke hatte den Koffer, der neben dem Bett gestanden hatte, auf das Bett gelegt und geöffnet.

»Nichts Ungewöhnliches«, meinte sie und sah die Kleidungsstücke durch, die im Koffer lagen.

Evert ging zu dem kleinen Tisch. Auf dem lag eine schwarze lederne Laptoptasche. Er öffnete sie und zog einen flachen Laptop heraus. Als er ihn aufklappte, wurde er aufgefordert, ein Passwort einzugeben. Er klappte ihn wieder zu und sah in die Taschenfächer hinein.

»Nur Ladekabel und das war's schon. Bei dir noch was Interessantes?«

»Nein, nichts. Nur Kleidung.« Sie hielt inne und hob einen Schlüsselbund an. »Das hier könnte ein Hausschlüssel sein und der hier gehört zu einem Auto.«

»Nimm sie mit. Den Laptop will ich auch mitnehmen. Vielleicht kann uns der ja etwas über Herrn Renken verraten.«

»Vielleicht kennt Herr Fabricius das Passwort«, meinte Wiebke.

»Wenn es ein Dienstgerät ist, meine ich.«

»Gute Idee.«

»Sein Portemonnaie fehlt uns noch immer. Nirgendwo ist sein Personalausweis.«

»Vielleicht schwimmt es noch irgendwo im Naturschutzgebiet im Wasser.«

Sie verließen den Raum und Wiebke verschloss ihn mit einem Polizeisiegel. Dieser Aufkleber, den sie über Türrahmen und Tür anbrachte, war eine simple, aber effektive Methode zu überprüfen, ob jemand sich ohne ihr Wissen in dem Raum aufhalten würde.

Dann gingen sie zurück in die Rezeption. In der stand gerade Talke Fabricius und unterhielt sich mit Herrn Wiard.

»Ah, da sind Sie ja«, sagte Herr Fabricius.

»Herr Fabricius, wir hätten gerne noch Zugriff auf die Unterlagen, an denen Herr Renken zuletzt arbeitete. Auch bezüglich des Falls Jannsen.«

»Jannsen? Wie kommen Sie direkt darauf?«

»Nun, wir haben erfahren, dass Sie möglicherweise Herrn Renken nahegelegt haben, in dieser Sache nicht mit der gebührenden Gründlichkeit vorzugehen«, sagte Wiebke.

»Ach, nein, ich habe ihm nur nahegelegt, das nicht zu kompliziert zu machen. Ich wollte keinesfalls andeuten, dass er nicht ordentlich arbeiten soll. Wo kommen wir denn da hin? Aber Frau Jannsen ist sowieso in einem Alter, in dem sie kaum noch Auto fährt, da muss man sie nicht unbedingt mit deutlich höheren Beiträgen belästigen. Vor allem, wenn man bedenkt, dass sie sehr krank ist. Das ist alles, was ich Herrn Renken nahegelegt habe. Das muss bei einem meiner Untergebenen falsch angekommen sein.«

»Verstehe«, meinte Evert. »Wir benötigen trotzdem die Unterlagen der aktuellen Fälle von Herrn Renken.«

»Sicher, wenn es vertraulich behandelt wird.«

»Wird es«, bestätigte Evert. Er hob die Laptoptasche hoch und zeigte Herrn Fabricius das Gerät.

»Können Sie uns das Passwort für dieses Gerät nennen?«

»Nein, das ist kein Dienstgerät. Das erkenne ich sofort. Das muss Herrn Renkens Privatgerät sein. Da kann ich Ihnen nicht helfen.«

»Wir benötigen noch seine private Adresse«, sagte Evert. Die konnten sie zwar auch über das Einwohnermeldeamt erfahren, aber so ging es hoffentlich schneller.

»Er wohnt in Aurich, die genaue Straße müsste ich selbst nachsehen, geschäftliche Korrespondenz erhält er von mir normalerweise nicht. Aber Herr Wiard hat sicher seine Adresse beim Einchecken aufgenommen.«

Herr Wiard nickte.

»Das habe ich und das muss ich auch. Muss ja alles seine Ordnung haben.«

Er beugte sich etwas vor, um an seinen Computer zu kommen, und diktierte ihnen eine Adresse in der Nähe von Aurich.

»Gut, brauchen Sie noch etwas?«, fragte Talke Fabricius anschließend und sah von Evert zu Wiebke. »Ich würde Ihnen sonst umgehend die momentanen Fallakten von Herrn Renken zukommen lassen und bitte um Ihre größtmögliche Diskretion bei diesen vertraulichen Informationen.«

»Danke, das wäre es erstmal«, sagte Wiebke.

Sie verabschiedeten sich und wandten sich nochmal an Herrn Wiard.

»Herr Wiard, da draußen am Parkplatz ist eine einzelne Videokamera zu sehen. Ist die echt oder eine Attrappe?«

»Die ist echt, will ich mal hoffen. Sie nimmt zumindest auf. Wollen Sie die Aufnahmen?«

»Ja, und die Aufnahmen jeder weiteren Kamera, die Sie installiert haben.«

»Das ist nur die eine. Ich kann Ihnen das fertig machen, das dauert aber. Da muss mir meine Tochter helfen, die kennt sich besser mit der Computeranlage aus. Das geht auch nicht per Mail, das sind große Dateien. Kann ich Ihnen einen USB-Stick per Post schicken?«

»Es ist vermutlich effizienter, wenn ein Kollege von uns später nochmal vorbeikommt, wenn die Suchaktion im Natur-schutzgebiet beendet ist«, schlug Evert vor.

Herr Wiard nickte. »So machen wir es«, sagte er.

Nachdem sie sich von Herrn Wiard verabschiedet hatten, gingen sie zurück zum Auto.

Sie sahen sich um auf dem Parkplatz. Da sie den Schlüsselbund von Bajo Renken hatten, testeten sie, ob eines der Autos reagierte. Sein Wagen stand noch auf dem Parkplatz. Sie sahen sich kurz das Innere an, aber es schien nichts Relevantes darin zu liegen. Nachdem Evert seinen Hund in die Box im Kofferraum des Dienstwagens gelassen hatte, fuhren sie los.

Kapitel 4

Es war eine längere Fahrt zur Wohnadresse von Bajo Renken in Westerende-Kirchloog. Der kleine Ort lag nur wenige Fahrminuten von Aurich entfernt, gehörte aber zur Gemeinde Ihlow.

Während sie über die Landstraße fuhren, meinte Wiebke nachdenklich: »Wir haben zu viele Verdächtige.«

»Was?« Evert sah zu seiner Kollegin, aufgeschreckt aus seinen eigenen Gedanken.

»Talke Fabricius wollte nicht, dass sein Mitarbeiter zu streng mit der Vorstandsfrau der Boomstark-Versicherung umgeht. Frau Weerda kann oder kann nicht ein Problem mit dem Toten gehabt haben, und Sarah Hinnen wirkte ziemlich mitgenommen. Vielleicht hatte sie was mit Herrn Renken.«

»Und Frau Eppmann hat Streit mit ihrem Mann. Nicht jeder Konflikt, der da schwelt, muss mit dem Fall zu tun haben.«

»Das stimmt«, meinte Wiebke. »Wir wissen, dass Bajo Renken gestern nach dem Essen das Hotel verließ und abends nicht zurückkam. Er muss also nach siebzehn Uhr zu Tode gekommen sein. Und jeder Einzelne in dem Hotel hat kein Alibi.«

»Bis auf die Eppmanns. Die haben gepennt.«

»Stimmt, also möglicherweise zwei weg, wenn wir uns wirklich auf das Alibi von den Eheleuten verlassen wollen. Jabbo Fischer klang auch so, als hätte er keine Schwierigkeiten mit seinem Kollegen. Aber wer weiß? Vielleicht gibt es ja doch mit Sarah Hinnen eine Verbindung. Eifersucht kann auch im Spiel sein.«

»Du greifst etwas vor«, meinte Evert. »Wir haben zu wenig Informationen, um das alles richtig zu sortieren.«

Wiebke nickte. »Du hast recht.«

Sie bogen von der Loogstraße in die Straße Am Graben ein.

Hier wechselten sie in die Einfahrt eines großzügigen alten Einfamilienhauses. Auf der anderen Straßenseite befand sich ein schmaler Entwässerungsgraben.

Das rot verklinkerte Haus besaß einen kleinen herausragenden Wintergarten-Vorbau.

»Hübsches Haus«, sagte Evert und öffnete den Kofferraum, um Fiete herauszulassen. Er legte dem Hund die Leine an und legte die Leine um den Autoreifen, sodass Fiete nicht einfach wegkonnte. Dann wies er den Hund an sich hinzusetzen.

»Ja, sieht alt und oft umgebaut aus.«

Sie gingen zur Haustür und betätigten die Klingel. Eine Weile passierte nichts, also nahm Wiebke den Hausschlüssel aus der Probentüte und probierte die Schlüssel aus. Der zweite passte.

Sie öffnete die Tür und trat ein. Evert folgte ihr in einen kleinen gewundenen Hausflur mit einer Treppe ins obere Stockwerk.

An der Garderobe hingen zwei Jacken, und ein Paar Schuhe stand darunter.

Vom Flur gingen vier Türen ab. Hinter der ersten lag ein kleines Bad.

»Keine Zahnbürste oder andere Hygieneprodukte«, registrierte Wiebke.

»Logisch, das Zeug ist im Hotel.«

Sie öffnete die zweite Tür. Dahinter lag ein großzügiges Schlafzimmer mit einem Blick in den Garten, der von hohen Hecken umgeben war.

»Das Bett ist aber auf beiden Seiten bezogen«, bemerkte Evert.

Wiebke nickte, öffnete den Kleiderschrank und sah sich um.

Danach öffneten sie die letzte verbliebene Tür. Dahinter lag das ausladende Wohnzimmer, das ursprünglich einmal aus zwei getrennten Räumen bestanden zu haben schien, deren gemeinsame Wand man durchbrochen hatte. Die eine Hälfte des Raums war als Wohnzimmer mit einem großen Fernseher eingerichtet, während in der anderen Hälfte ein Schreibtisch sowie eine Kommode standen.

»Das muss im Urlaub gewesen sein«, meinte Evert. Er deutete auf eines der Fotos, das den Toten mit nacktem Oberkörper am Strand zeigte, eine asiatische Frau an seiner Seite.

»Er ist gut in Form«, bemerkte Wiebke. »Aber auf den anderen Bildern ist er nicht zu sehen.«

»Nein, das hier sind zwei ältere Leute«, murmelte Evert und nahm das Bild. Er hielt es hoch und stellte sich anders in den Raum.

»Das ist hier aufgenommen. Da, man sieht den Durchbruch. Da war alles anders eingerichtet.«

Wiebke stellte sich neben ihn. »Stimmt.«

Evert stellte das Foto zurück.

Sie sahen sich weiter um. Auf dem Schreibtisch von Herrn Renken lagen ein paar Ordner, in denen sich Unterlagen des Verstorbenen bezüglich seiner Versicherungen und seines Stromanbieters befanden. Ein Laptop außer dem, das noch in ihrem Auto darauf wartete, ausgewertet zu werden, fehlte. Sie sahen sich weiter um.

»Auf den anderen Fotos sind nur Landschaften zu sehen«, meinte Wiebke und ging durchs Wohnzimmer. »Nirgendwo sonst findet sich die Spur weiterer Leute in seinem Leben.«

»Tja, wenn sein Mobiltelefon funktionieren würde, würde uns das vermutlich mehr verraten.«

»Hoffen wir darauf, dass der Technische Dienst mit dem Gerät noch was anfangen kann.«

Da sie nichts weiter entdecken konnten, gingen sie zurück in den Hausflur und die Treppe hinauf in die obere Etage. Die Treppe führte direkt in einen großen ausgebauten Dachboden, in dem ein unbezogenes Bett sowie ein breiter Schrank standen. Evert öffnete ihn.

»Unterlagen, Kisten mit Kram und eine Reisetasche«, meinte Evert. »Mehr nicht.«

Sie gingen weiter in den letzten Raum des Hauses, die kleine Küche.

Auch hier schien nichts zu sein, das ihnen weiterhelfen konnte.

»Na gut«, meinte Wiebke schließlich und ging mit Evert zurück in den Flur. »Vielleicht können wir ja bei den Nachbarn noch etwas über ihn erfahren.«

»Hoffentlich«, meinte Evert.

Als sie aus dem Haus herauskamen, sah Evert, dass eine ältere Dame bei Fiete stand und den Hund streichelte. Neben ihr und Fiete lag ein schmächtiger weißer Westhighland-Terrier, der aufgeregt wedelte. Fiete schien allerdings seine volle Aufmerksamkeit der Frau zu widmen, die ihn streichelte.

»Moin, sind Sie Freunde vom Herrn Renken?«, fragte sie. Ihre Stimme war recht hoch und piepsig und klang in Everts Ohren irgendwie heiser.

»Moin, das ist Kriminalkommissarin Wiebke Jacobs und mein Name ist Dr. Evert Brookmer, ebenfalls Kriminalkommissar. Wer sind Sie?«

Evert nannte seinen Doktortitel nicht immer, doch manchmal sorgte er dafür, dass man gleich etwas anders behandelt wurde und Leute eher bereit waren zu erzählen. Allgemein funktionierte das auch bei älteren Leuten manchmal.

Die Frau stellte sich etwas anders hin. »Ik hebb di nich verstahn. Sie müssen in mein rechtes Ohr proten!«

Evert stellte sich und seine Kollegin erneut vor.

»Was macht denn ein Doktor bei der Kriminalpolizei? Verdient man im Krankenhaus nicht gut genug?«

»Ich bin Doktor der Kriminologie«, erklärte Evert und bereute es nun, seinen Titel genannt zu haben.

»Ah, und was machen Sie jetzt hier? Geht es dem Herrn Renken nicht gut? Ist er krank?«

»Nein, Herr Renken ist tot. Wir ermitteln in seinem Mordfall.«

»Oh«, sagte die Frau nur.

»Es tut uns leid, Ihnen das so mitzuteilen. Wer sind Sie?«

»Doreen Huckelswaan«, sagte die Frau und holte ein Taschentuch aus ihrer Strickjackentasche. Sie schnäuzte sich.

»Frau Huckelswaan, kannten Sie Herrn Renken gut?«

»Oh, na ja, man kennt sich ja heute nicht mehr so wie früher in einem Dorf, oder?«

»Wie meinen Sie das?«

»Na, früher lud man die Nachbarn ja auch mal zum Tee ein. Aber das war auch was anderes, weil die Frauen mehr Zeit hatten und dann zusammensaßen und Termine machten. Heute ist jeder im Dunkeln mit seinem Auto weg und kommt abends im Dunkeln wieder, um drinnen im Haus zu sitzen. Da lernt man sich wenig kennen. Aber wir haben manchmal geredet.«

»Sie sind seine Nachbarin?«

»Ja, ich wohne in dem Haus dort«, sagte sie und deutete auf das direkte Nachbarhaus. »Ich habe auch gesehen, wie Sie hergekommen sind.«

»Und dann wollten Sie mal nach dem Rechten sehen?«

»Bitte?«

Evert wiederholte seine Frage.

»Ja«, sagte Frau Huckelswaan. »Ich habe Sie noch nie gesehen und das Auto von Herrn Renken war nicht da. Sie sind einfach so in sein Haus reingegangen. Das hätte ja auch ein Einbruch sein können und Sie hätten ihm jetzt alles ausgeräumt.«

Evert nickte. »Wenn Sie so eine aufmerksame Nachbarin sind, können Sie uns vielleicht etwas zu Herrn Renken sagen? Hat er in letzter Zeit mal erwähnt, dass ihn etwas belastete?«

»Nein, wir haben nur kurz einen Schnack gehalten, wenn man sich hier mal kurz getroffen hat, wenn er im Garten war und ich mit dem Hund unterwegs. Da hat er nicht gejammert.«

»Wissen Sie, ob er Familie hatte?«

Sie schüttelte den Kopf. »Nein, soweit ich weiß, nicht. Das Haus hat früher seinen Eltern gehört, er ist da wieder eingezogen, nachdem sie tot waren.«

»Kannten Sie seine Eltern?«

»Oh ja, der kleine Bajo lief früher schon hier die Straße rauf und runter mit seinem Rollbrett. Nein, Skateboard. Er hat sich da mal richtig böse hingelegt und beide Knie kaputt gehabt. Danach ist er dann doch mehr Fahrrad gefahren, glaube ich. Mit seiner Mutter habe ich mal Kuchen gegessen. Aber mein Mann und ich waren oft viele Jahre im Ausland. Mein Mann arbeitete für eine Bank in Shanghai. Wir sind erst vor wenigen Jahren zurückgekommen. Das war, kurz bevor Herr Renken wieder in das Haus eingezogen ist.« Sie sah einen Moment nachdenklich aus.

Evert wartete ab, was sie sagen würde.

»Sie fragten doch nach Problemen.«

»Ja, gab es da vielleicht etwas?«

»Also, da war dieser Herr Piech. Der war mal hier: so ein Kerl, der richtig Krach gemacht hat und laut schreiend vor der Haustür von Herrn Renken gestanden hat. Herr Renken hat zurückgemotzt und gesagt, er ruft die Polizei, wenn Herr Piech nicht geht. Dann ist er weggefahren.«

»Herr Piech?«, echote Wiebke. »Kennen Sie den Mann?«

»Bitte?«

»Ob Sie den Mann kennen.«

»Herrn Renken kenne ich.«

»Nein, Herrn Piech. Sie nennen ihn Herrn Piech, kennen Sie ihn?«

»Ach so, nein. Herr Renken nannte den Fremden immer nur ›Herr Piech‹. Ich weiß nicht, wer das ist.«

»Haben Sie ihn hier vorher schon mal gesehen?«

»Nein, nur das eine Mal.«

»Könnten Sie ihn beschreiben?«

»Mittelgroß«, gab Frau Huckelswaan zurück und runzelte die Stirn. »Ich habe meine Brille erst aufgesetzt, als er schon zu seinem Auto gegangen war und wegfuhr. Also meine Brille brauche ich für Sachen, die einige Meter weg sind.« Sie deutete dabei auf die Brille, die an einer Kette um ihren Hals hing. »Wenn ich so hier mit Ihnen rede, kann ich jedes Barthaar einzeln sehen.«

»Sie wissen aber nicht, worum es bei dem Streit ging?«

»Nein.«

»In Ordnung. Ist Herr Piech nochmal aufgetaucht?«

»Nicht, dass ich es mitbekommen hätte, und ich bin ja meist hier. Ich bekomme so einiges mit.«

»Es ist doch immer schön, wenn jemand in der Nachbarschaft aufpasst«, meinte Wiebke.

Frau Huckelswaan, der die Ironie eindeutig entging, nickte. »Ist es. Hier wurde auch noch nie eingebrochen. Aber sagen Sie, was ist jetzt mit Herrn Renken passiert? Er ist doch gar nicht zu Hause. Was ist geschehen?«

Evert und Wiebke wechselten einen kurzen Blick. »Wie wir Ihnen schon sagten, ist Herr Renken ermordet worden. Details zur Todesursache und den Umständen können wir zu diesem Zeitpunkt leider aus ermittlungstaktischen Gründen nicht herausgeben«, antwortete Wiebke der Frau.

»Verstehe, ja, das sagten Sie. Sie wollen den Mörder ja schnappen. Aber ich finde das furchtbar. Der arme Herr Renken, der war ein Netter.«

»Hatte er eine Partnerin, die wir informieren könnten?«

»Also, ich weiß ja nicht. Da sind immer mal Autos in der Einfahrt gewesen und er hat Besuch bekommen von Leuten. Aber ich bin ja nicht die ganze Zeit am Fenster und schaue raus.«

»Natürlich. Hier auf dieser Karte stehen meine Kontaktdaten. Sollte Ihnen noch was einfallen, melden Sie sich bitte. Oft sind es die Details, die sich als besonders wichtig herausstellen.«

»Von Ihnen bräuchten wir dann auch noch Kontaktinformationen«, sagte Wiebke.

Die alte Frau nickte und nannte ihnen ihre Adresse sowie eine Festnetznummer.

»Haben Sie auch ein Handy?«, fragte Wiebke.

»Nein, ich vermeide es, das Ding herumzuschleppen.«

»Also besitzen Sie eines?«

»Meine Nichte hat mir eines geschenkt mit so einem großen roten Knopf, wenn ein Notfall ist. Aber ich muss schon mein Portemonnaie mit rumtragen und die Tüte mit den Leckerchen sowie ein paar Hundebeutel. Es ist nur begrenzt Platz und ich will nicht noch mehr tragen. Ich bin ja nie weit von zu Hause weg. Mein Mann hat früher immer ein Handy dabeigehabt. Ich musste das deswegen nicht.« Sie sah auf ihre Armbanduhr. »Jetzt muss ich auch los, meine Cousine ruft gleich an. Die war im Krankenhaus, um sich untersuchen zu lassen. Das will ich nicht verpassen.«

Sie verabschiedete sich, und bevor Evert oder Wiebke noch etwas sagen konnten, eilte Frau Huckelswaan davon, ihren Hund an seiner Leine regelrecht hinter sich herziehend.

Als sie weg war, meinte Evert zu seiner Kollegin: »Probieren wir es noch bei den anderen Nachbarn?«

Wiebke nickte.

Sie klingelten an mehreren Türen, doch die direkten Nachbarn von Herrn Renken waren alle nicht da. Die etwas weiter entfernt Wohnenden konnten ihnen leider nicht helfen.

Schließlich fragte Evert: »Wollen wir erstmal ins Büro und sichten, was wir haben?«

Seine Kollegin nickte. »Ja, das sind schon ziemlich viele Personen, die mit Herrn Renken zu tun haben. Außerdem will ich in die Akten sehen, die Bajo Renkens Arbeit betreffen.«

»Du denkst, es hat primär damit zu tun?«

Sie zuckte mit den Schultern. »Bisher ist das unsere beste Spur.«

»Stimmt.«

Kapitel 5

Evert setzte sich an den Schreibtisch im großen Büro der Kriminalpolizei Aurich.

Insgesamt standen vier Tische hier, je einer für ihn und Wiebke sowie einer, der seinem Kollegen Klaas gehörte. Der letzte verbliebene Schreibtisch diente ihnen allen als Ablage.

Fiete lief einmal durch den Raum, sah sich alles genau an und setzte sich dann an eine Stelle zwischen den Tischen, von wo aus er alles gut im Blick hatte. Der Hund pflegte sich an dieser Stelle weniger hinzusetzen als fallenzulassen.

Evert und Wiebke waren schon eine Weile wieder in den Räumlichkeiten der Polizei und arbeiteten die Unterlagen durch, die sie von Herrn Fabricius bekommen hatten.

Der Laptop von Bajo Renken lag bei der IT-Abteilung und Evert hoffte, bald Zugriff darauf zu erhalten.

Er stand auf, um ein paar Schritte zum Fenster zu gehen und nachzudenken. Fiete missverstand das und eilte sofort zur Tür, um mit Evert rauszugehen. Als der schwarze Labrador Retriever begriff, dass sein Herrchen den Raum nicht verlassen wollte, begab er sich zurück an seine Lieblingsstelle im Büro.

Wiebke war noch kurz in der Teeküche verschwunden, die sich auf der gleichen Etage der Polizeiwache befand. Evert hätte gerne einen Kaffee gehabt, aber den würde er dort nicht bekommen. Zwar gab es eine Kaffeemaschine in der Teeküche, allerdings war die seit Ewigkeiten nicht mehr benutzbar. Er hatte sich deswegen mehrmals beschwert, aber das Ganze schien dann jedes Mal im Sande zu verlaufen.

Evert nahm den Telefonhörer und wählte die Nummer von Talke Fabricius, dem Vorgesetzten des Toten.

»Fabricius.«

»Moin, Herr Fabricius, hier ist Kriminalkommissar Evert Brookmer.«

»Moin, Herr Brookmer. Ich hatte Ihnen bereits alle Unterlagen geschickt. Ich hoffe, die können Ihnen weiterhelfen, auch wenn ich nicht glaube, dass es sich bei dem Täter um einen unserer Kunden handelt.«

»Wieso glauben Sie das nicht?«, fragte Evert und hob eine Augenbraue.

»Weil ich mir nicht vorstellen kann, dass einer unserer Kunden sowas macht. Die Boomstark-Versicherung ist sehr stolz darauf, zufriedene Kunden zu haben. Wir haben die höchste Kundenbindung aller vergleichbaren Versicherungen in Niedersachsen!«

»Darauf kann man stolz sein. Sagen Sie, ich habe in den Unterlagen die Akte eines Marvin Piech gefunden.«

»Ja, was soll mit ihm sein?«

»Die Fallakte ist vor einigen Wochen eröffnet worden. Herr Piech ist Ihr Kunde und die Versicherung sollte ihn vertreten. Er hat einen Autounfall verursacht. Weiter ist die Akte allerdings nicht ausgefüllt, nur einige Termine standen offenbar nächste Woche an. Können Sie mir etwas dazu sagen?«

»Nein, tut mir leid. Was gab es denn für ein Problem mit Herrn Piech?«

»Er soll wütend bei Herrn Renken erschienen sein und sich beschwert haben.«

»In Person? Bei ihm zu Hause?«

»So berichteten es Zeugen.«

»Das gehört sich aber nicht. Moment. Frau Eppmann? Kommen Sie mal her! Frau Eppmann, waren Sie mit zuständig für Herrn Marvin Piech?«

Evert konnte die Antwort der Frau nicht verstehen. Dann wurde das Telefon weitergereicht.

»Moin«, sagte sie. »Herr Brookmer?«

»Ich bin noch dran«, bestätigte er. »Frau Eppmann, nehme ich an?«

Sie klang, als würde sie lächeln. »Ja, Herr Fabricius bat mich, eine Frage zu einem Klienten unserer Versicherung zu beantworten. Sie sprachen von Herrn Piech?«

»Ja, hatten Sie auch mit dem Fall zu tun?«

»Nur indirekt, ich habe zuerst mit Herrn Piech zu tun gehabt und das Ganze dann an Bajo weitergegeben. Das ist ein Gutachter-Fall, wenn ich das so sagen darf. Herr Piech hatte den Unfall verursacht. Bajo musste sich ansehen, wie die Schäden einzuschätzen sind, und auch, inwieweit wir hinterher die Gebühren für Herrn Piech anheben müssen. Ich steck da nicht drin.«

»Herr Piech soll sich bei Herrn Renken beschwert haben.«

»Der Fall ist vor einer oder zwei Wochen aufgenommen worden«, murmelte sie. »Der sollte eigentlich schon recht fortgeschritten sein. Herr Piech hat sich einmal bei uns beschwert, das stimmt.«

»Wann und worüber?«

»Vor ein paar Tagen, ich weiß nicht mehr so genau. Er hat sich bitterlich über Bajo beschwert und wollte mit Herrn Fabricius sprechen.«

»Sie haben ihn aber nicht durchgestellt?«

»Nein, wieso sollte ich? Er hatte ein Problem mit uns, also genauer mit Bajo. Ich glaube, er meinte, Bajo arbeitet nicht ordentlich. Ich habe gesagt, ich bespreche das nochmal mit Bajo, und das habe ich.«

»Was, sagte Herr Renken, war das Problem?«

»Er meinte, Herr Piech wäre zu ungeduldig. Er wollte alles sofort erledigt wissen, und das ging nun mal nicht.«

»In der Akte steht nicht viel drin. Können Sie mir den Fall zusammenfassen?«

Frau Eppmann seufzte. »Bajo führte seine Akten meist etwas … retroaktiv, wenn ich das so nennen darf. Er füllte alles am Ende aus, wenn er fertig war. Ich weiß nicht mehr genau alles. Ich habe in letzter Zeit einige Fälle gehabt und das war sofort an Bajo weitergegeben worden. Da müssen Sie Herrn Piech fragen.«

»Gut, danke. Das werde ich.«

»Steht er im Verdacht, Bajo umgebracht zu haben?«

»Erstmal ermitteln wir in jede Richtung.«

»Gut, aber der Herr Piech … der wirkte schon ziemlich wütend, damals am Telefon. Ich glaube, Bajo meinte, der bekommt weniger, als er denkt, dass ihm zusteht.«

»Danke für Ihre Einschätzung«, sagte Evert und verabschiedete sich.

Wiebke kam mit einem kleinen Tablett herein, auf dem sie einen dampfenden Becher Ostfriesentee stehen hatte nebst zwei kleinen Gefäßen für die Kluntjes und die Teesahne.

Bevor Evert etwas sagen konnte, klingelte sein Telefon.

»Evert Brookmer«, meldete er sich.

»Herr Brookmer, hier spricht Dr. Elias«, meldete sich der Gerichtsmediziner aus Oldenburg.

Evert setzte sich aufrechter hin. »Haben Sie die Obduktion schon abgeschlossen?«, fragte er und sah auf die Uhr. Er hatte gar nicht gemerkt, dass zwei weitere Stunden vergangen waren, seit sie im Büro der Kriminalpolizei angefangen hatten zu arbeiten.

»Ja, wir sind sozusagen fertig.«

»Und was haben Sie herausgefunden?«

»Bajo Renken starb gestern am späten Nachmittag beziehungsweise frühen Abend. Er lag dann nicht nur im Wasser, sondern unter Wasser. Ihr Kollege hat mir mitgeteilt, dass Gewichte mit Seilen gefunden wurden, und ich nehme an, dass der Tote sofort im Wasser versenkt wurde.«

»Gibt es Spuren, die uns helfen können, den Täter zu identifizieren?«

»Leider ist das meiste sozusagen profaner Dreck aus dem Wasser. Seine Fingernägel sind auffallend sauber, ich denke also nicht, dass sich das Opfer großartig gewehrt hat. Dafür spricht auch der Winkel.«

»Der Winkel?«, gab Evert zurück.

»Ah ja, verzeihen Sie, das vergaß ich sozusagen zu erwähnen: Der Tote wurde erschlagen, und zwar von schräg hinten. Jemand, der ungefähr seine Größe hat, zog ihm gewissermaßen eins über, wenn ich das so salopp ausdrücken darf.«

»Womit wurde er erschlagen?«

»Da kann ich Ihnen mehr verraten als heute Morgen am Wasser«, verkündete Dr. Elias. »Es ist mir, in einem recht aufwendigen Verfahren, wenn ich das sozusagen hinzufügen darf, gelungen, Holzfasern aus der Wunde zu extrahieren.«

»Ist es möglich, eine Aussage zu der Art des Holzes zu machen oder um was für einen Gegenstand es sich handelt?«

»Sie haben Glück, ich habe vor einiger Zeit bei einer Tagung einen Kollegen aus Süddeutschland kennengelernt, dem ich hochauflösende Bilder der mikroskopischen Struktur des Holzes zukommen ließ. Mein Kollege ist kein Forensiker im klassischen Sinne, seine Toten sind meistens schon sehr lange tot: Er ist Archäologe. Er geht von Eschenholz aus.«

»Also hat ihn jemand mit einem Eschenast erschlagen oder …?«

»Meine Assistentin hat Belege gefunden, die für ein glattes Holzstück sprechen. Ich gehe nach Konsultierung einiger Referenzbilder aus Fachartikeln sozusagen von etwas Ähnlichem wie einem Baseballschläger aus. Den bekommen Sie ja überall, und sei es übers Internet vor die Haustür geliefert. Die sind üblicherweise auch aus Eschenholz, wenn ich das hinzufügen darf.«

»Vielen Dank, das könnte uns wirklich weiterhelfen«, meinte Evert. »Jemand hat ihn von hinten erschlagen. Das klingt nach einer Falle.«

»Für derartige Spekulationen habe ich sozusagen keinerlei Hinweise. Das ist Ihr Metier. Ich werde den schriftlichen Bericht erst später senden.«

»Machen Sie das«, sagte Evert und bedankte sich, bevor er auflegte. Er fasste Wiebke kurz zusammen, was er erfahren hatte.

»Klaas kann ja mal die Läden in der Umgebung abklappern, die entsprechende Schläger verkaufen«, meinte sie. »Aber ich denke nicht, dass wir so viel Glück haben, dass einer der Leute, die mit dem Fall zu tun haben, den im nächsten Sportgeschäft gekauft hat.«

»Klaas würde dir widersprechen und sagen: Die machen alle Fehler.«

»Stimmt. Aber wir haben auch noch etwas viele Verdächtige, oder? Im Moment könnte es jeder sein, der mit Herrn Renken im Hotel war, und es könnte auch jemand völlig anderes sein.«

Evert lehnte sich zurück und streckte sich. »Ich werde nicht wirklich schlau aus der sehr knapp geführten Akte zu Marvin Piech«, meinte er. »Wir sollten vielleicht einmal mit dem Mann selbst sprechen. Vielleicht kann er uns erklären, wieso er vor Bajo Renkens Tür rumgeschrien hat.«

Wiebke nickte und nahm einen Schluck von ihrem Tee. »Wo wohnt er?«

»Nicht weit von hier, in der Burgstraße nahe der Kreuzung Julianenburger Straße.«

»Ich bin sofort fertig, nur noch zwei Schlucke, dann können wir los.«

»Diesmal keine Kanne mit Stövchen?«, fragte Evert.

»Sind alle im Einsatz«, gab sie zurück. »Da muss man auch mal nur eine Tasse nehmen.«

»Aber immerhin kein Teebeutel anstelle von gutem losem Tee, oder?«

Sie lächelte. »Spotte du nur, du läufst für deinen Kaffee immer extra bis zu Oma Tieske.«

»Wenn ich hier welchen bekäme, würde ich auch hier welchen trinken. Aber du hast recht, ich habe auch meine Eigenheiten.«

Sie trank den letzten Rest aus ihrem Becher und stellte ihn ab. »Du kannst ja immer vorschieben, dass der Hund Bewegung braucht.«

Er nickte.

Als hätte ihnen Fiete zugehört, war der Labrador Retriever inzwischen aufgestanden und langsam zu seinem Herrchen getrottet. Erwartungsvoll sah er Evert an.

»Wir gehen ja«, meinte Evert und stand auf.

Kapitel 6

Er und Wiebke gingen gefolgt von dem aufgeregt wedelnden Fiete über die mehrspurige Straße Fischteichweg direkt vor dem Polizeigebäude und immer weiter geradeaus durch die Altstadt von Aurich, bis sie schließlich links abbogen in die Osterstraße, die irgendwann zur Burgstraße wurde. Dieser folgten sie bis kurz vor das Ende der Altstadt. Hier, in einem einstöckigen alten Bürgerhaus, war die Meldeadresse von Marvin Piech.

Sie gingen die drei Stufen zur Eingangstür hinauf und betätigten die Klingel.

Insgesamt wohnten drei Parteien im Haus, wie ihnen die Klingelknöpfe verrieten.

Es dauerte eine ganze Weile, bis der Türsummer ertönte.

Sie öffneten die Tür und traten in ein breites Treppenhaus, dessen Boden und Wände mit großen rautenförmigen Fliesen bedeckt waren, die eine gewisse Kälte ausstrahlten.

Fiete zog seine Pfote erst zurück, als er die Fliesen berührte, folgte dann aber Evert.

»Herr Piech?«, rief Evert das Treppenhaus hinauf.

»Oben, raufkommen!«, kam es ihm unfreundlich zur Antwort.

Sie gingen die Treppe ins obere Stockwerk hinauf. Während unten zwei Wohnungstüren zu finden waren, gab es oben nur eine sowie eine kleine Galerie.

Dort stand ein Mann Mitte dreißig mit geschwollenem Gesicht. Er wirkte aufgedunsen in seinem karierten Hemd und der dunkelblauen Jeans.

»Sie wollen?«, fragte er. Er stützte sich mit dem linken Arm auf eine Krücke.

»Kriminalpolizei Aurich. Das ist Kriminalkommissarin Wiebke Jacobs und ich bin Kriminalkommissar Evert Brookmer.«

»Schön für Sie.«

»Sie sind Marvin Piech?«

»Das bin ich.«

»Wir würden Ihnen gerne ein paar Fragen stellen.«

Er seufzte. »Also gut.« Er ging durch die offen stehende Tür seiner Wohnung. »Kommen Sie, ich steh nicht gern.«

60

Sie folgten ihm in die Wohnung.

»Ist es in Ordnung, wenn mein Hund mit hereinkommt?«

»Wenn es sein muss.«

Nach dem Wohnungsflur ging es weiter in ein Wohnzimmer, dessen Wände voller Bilder waren. Große Fotos hingen dort und zeigten Herrn Piech überall in der Welt.

»Setzen Sie sich«, wies er sie an und setzte sich selbst auf ein großes Kissen, das auf einem Chesterfieldsofa lag.

Evert und Wiebke setzten sich ihm gegenüber aufs Sofa.

»Also? Geht es um den Unfall mit Herrn Joop?«

Aus den Unterlagen wusste Evert, dass Alko Joop aus Ochtelbur derjenige war, mit dem Herr Piech in einen schweren Autounfall verwickelt gewesen war.

»Nein, es geht nicht um den Unfall.«

»Worum dann?«

»Herr Bajo Renken war für Ihre Fallbearbeitung bei der Boomstark-Versicherung zuständig, richtig?«

»Ja, das stimmt.«

»Es tut mir sehr leid, Ihnen das mitteilen zu müssen, aber Herr Renken ist tot.«

»Oh, okay.«

»Wir ermitteln in seinem Mordfall.«

»Und was wollen Sie dann bei mir?«

»Ihr Fall war einer der letzten, die er bearbeitete, und …«

»Sie wollen wissen, wieso ich neulich bei ihm war«, sagte er. »Ich wusste doch, die Alte am Fenster schaut sich alles ganz genau an, was da passiert! So eine Rentnerin in der Nachbarschaft ist besser als jede Kameraüberwachung!« Er schüttelte den Kopf. »Sie sind ganz falsch hier.«

»Wieso?«

»Weil das nichts mit seinem Tod zu tun hat. Ich kann mir jedenfalls nicht vorstellen, wie.«

»Dann erzählen Sie es uns bitte trotzdem.«

»Also gut.« Er streckte sein Bein aus. »Mein Bein schmerzt seit dem Unfall, entschuldigen Sie, aber das muss sein.« Marvin Piech massierte eine Stelle an seinem Oberschenkel und verzog das Gesicht ein wenig, bevor er fortfuhr: »Also, vor drei Wochen war ich auf dem Rückweg aus Ochtelbur. Ich habe da ein paar Freunde besucht, die ich aus dem Studium kenne und die da jetzt ein Haus im Grünen gekauft haben.« Er schüttelte den Kopf. »Muss ja jeder selbst wissen. Ich meine, Aurich ist schon abseits von allem, Ochtelbur … na ja.«

»Was geschah dann?«

»Ein Trecker nahm mir die Vorfahrt. Ich fuhr die Ochtelburer Straße entlang und hatte Vorfahrt, als der Kerl sich mit seinem Trecker einfach noch eben schnell vor mir einfädelte. Ich bin in die Eisen getreten und habe so gerade noch verhindert, dass mein Wagen von der Straße schleuderte. Dann bin ich deswegen aber trotzdem voll in den Trecker beziehungsweise in seinen Anhänger gekracht. Mein Wagen war komplett Schrott, sein Anhänger auch und der Trecker hat ebenfalls einen Schaden abbekommen. Ich bin ebenfalls verletzt worden, aber es war sehr knapp. Ich hatte neben meinem Kopf einen Metallsplint, der nur wenige Zentimeter von mir entfernt durch die Scheibe gestochen ist.« Seine Stimme zitterte etwas, während er das sagte. »Das war … beängstigend. Ich musste dann eine halbe Stunde ausharren, bis die Feuerwehr mich freigeschnitten hatte. Ich hatte Verletzungen im Bein, in den Armen und einige Metallsplitter im Unterleib, die aber nichts Wesentliches zerstört haben.« Er lächelte traurig. »Hat mein Schutzengel am Ende doch was gutmachen wollen.«

»Wie meinen Sie das?«

»Ich sterbe.«

Evert hob die Augenbrauen. »Bitte?«

»Ich habe Krebs, er hat gestreut. Man sieht es mir nicht sofort an, aber der Krebs wird mich in nicht allzu langer Zeit umbringen. Es ist auch die Bauchspeicheldrüse befallen. Das ist für mein Alter ungewöhnlich, aber man kann nichts tun. Es ist einfach vorbei, ich bin angezählt. Sicher, die Ärzte sagen, man kann noch alles Mögliche versuchen, aber alles, was man gewinnt, sind Monate, und ich habe mich entschieden, dass die Monate, die man mit Schmerzen gewinnt, es nicht wert sind. Man bekommt keine Medaille an der Himmelspforte überreicht, weil man noch etwas ausgehalten hat.« Er seufzte.

»Das tut uns sehr leid für Sie.«

»Danke, die Leute wissen oft nicht, was Sie dann sagen sollen. Sehen Sie, darum habe ich mich bei Herrn Renken so aufgeregt.«

»Weil Sie sterben? Das müssen Sie bitte etwas mehr erklären.«

»Ja, sicher. Ich habe mich aufgeregt, weil ich sterbe. Ich habe vermutlich nur noch Monate, und die Versicherung braucht jetzt schon eine ganze Weile, bis sie sagt, wie es weitergeht. Ich brauche das Geld der Versicherung, um ein neues Auto zu bekommen, aber erst nach langem Hin und Her wurde mir ein Leihwagen gewährt. Den brauche ich! Ich habe Dinge zu erledigen, Freunde zu besuchen und Ärzte, für alles braucht man in Ostfriesland ein Auto. Doch die Genehmigung für die Kostenübernahme des Leihwagens muss immer wieder neu verlängert werden, und das alles kostet Zeit, die ich hinterhertelefoniere. Mein Verdacht ist, dass man mich am langen Arm verhungern lässt.«

»Sie meinen, Herr Renken hat Ihren Fall absichtlich verzögert, bis Sie verstorben sind?«

»Ja, ich habe keine Erben. Ich habe immer viel gearbeitet und gedacht, die richtige Frau finde ich noch. Für Kinder hat man Zeit, wenn man älter ist und gut verdient hat. Das heißt, wenn ich sterbe, werden meine Ansprüche verfallen. Meine Großeltern sind tot und meine Mutter ist meine restliche Familie. Sie wird sich hinterher nicht um alles kümmern, wir haben kein gutes Verhältnis. Sie tritt das Erbe sicher nicht an. Der Staat wird mich beerben, und glauben Sie wirklich, so ein Nachlassverwalter hat dann Lust, hinter der Versicherung herzulaufen? Die verkaufen, was noch zu Geld zu machen ist, und dann ist die Akte geschlossen, bevor meine Asche verstreut wurde.« Er klang bitter.

»Aber warum sind Sie dann zu Herrn Renken gefahren?«, fragte Wiebke. »Was wollten Sie erreichen?«

»Tja, ich weiß nicht. Ich habe ihn gefragt, warum er das macht. Ich war wütend. Das war nicht so ganz durchdacht.«

»Wie reagierte Herr Renken?«

»Er sagte, dass er privat nicht mit Mandanten redet, und ist reingegangen. Einfach so, ohne weiter auf mich einzugehen! Ich blieb da stehen, mein Zorn hatte keinen Weg, den er sich bahnen konnte, und fiel in sich zusammen wie ein Soufflé. Ich habe etwas gebrüllt und bin dann einfach gefahren. Es war dumm, überhaupt zu ihm zu fahren.«

»Wieso haben Sie es dann getan?«, fragte Wiebke.

»Ich weiß es nicht. Vielleicht, weil ich gehofft habe, dass es mir hilft, dem Mann ein Gesicht zu seinem Fall zu zeigen? Dass ein Schicksal hinter dem steht, was er da tut, und dass dieses Schicksal … keinen Aufschub duldet.« Er schwieg einen Moment. »Es war dumm. Aber das darf man auch mal sein, oder?«

»Sicher«, stimmte Wiebke zu. »Wir müssen trotzdem wissen, wo Sie gestern ab siebzehn Uhr waren.«

Marvin Piech runzelte die Stirn. »Gestern war ich mittags bei Freunden in Hagenpolder und bin dann irgendwann gegen fünf nach Hause gefahren.«

»Wo waren Sie dann?«

»Zu Hause.«

»Gibt es dafür Zeugen?«

»Nein, ich lebe allein.«

»Wir bräuchten dann Kontaktinformationen Ihrer Freunde in Hagenpolder, um Ihre Aussage zu verifizieren.«

»Wenn es sein muss«, sagte er und griff sein Mobiltelefon von einem Brett des Regals hinter ihm. Dann diktierte er eine Telefonnummer seiner Freunde und anschließend seine eigene, sollten sie Nachfragen haben.

Herr Piech lehnte sich schließlich zurück und streckte ein wenig sein Bein.

»Verzeihen Sie, aber es tut ziemlich weh, wenn ich zu lange in so einer sitzenden Haltung bin. Stehen ist auch nicht viel besser, aber wenn ich in Bewegung bleibe, geht's. Wenn Sie also jetzt fertig sind, würde ich gerne aufstehen.«

»Natürlich«, sagte Evert.

»Dann bekomme ich jetzt vielleicht endlich einen anderen Gutachter«, meinte Herr Piech, als er Wiebke und Evert zur Tür begleitete. Fiete trabte hinter ihnen her und beäugte das Humpeln von Marvin Piech neugierig. Offenbar konnte der Hund den seltsamen Gang des Mannes nicht einschätzen.

»Dazu können wir nichts sagen«, gab Wiebke zurück. Marvin Piech nickte und verabschiedete sie.

Als sie das Haus verlassen hatten, meinte Wiebke zu Evert: »Hagenpolder ist ein Dorf in der Krummhörn, keine fünfzehn Kilometer vom Naturschutzgebiet entfernt, in dem Bajo Renken gefunden wurde.«

»Es wäre also kein Problem, einen Abstecher dorthin zu machen, den Mord zu begehen und nach Hause zu fahren«, meinte Evert.

»Nur woher sollte er wissen, dass Herr Renken da einen Spaziergang macht?«

»Auch wieder wahr.«

Sie gingen durch die Altstadt zurück und bogen schließlich auf den Georgswall ein. Wiebke folgte Evert kommentarlos. Sie hätten auch anders gehen können, doch ihr war klar, dass sich Evert noch einen Kaffee holen wollte.

»Klaas müsste auch bald fertig sein«, meinte Wiebke. Inzwischen war es schon Nachmittag. »Vielleicht fand sich ja noch etwas Verwertbares im Naturschutzgebiet.«

»Wir haben zu viele Leute, die im Tatzeitfenster eine Gelegenheit hatten«, meinte Evert nachdenklich. Er hatte ihr nicht so ganz zugehört. »Aber Marvin Piech … Er hat nichts mehr zu verlieren und es herrscht eine gewisse Dringlichkeit.«

»Eine Dringlichkeit?«

»Ja, die meisten Morde sind doch motiviert durch eine tiefsitzende emotionale Komponente oder durch Dringlichkeit. Jemand sieht sich gezwungen zu handeln, und hier ist beides vorherrschend: Herr Piech fühlt sich ungerecht behandelt, nicht nur tritt ihm das Universum vors Schienbein mit der Krebserkrankung und einem, wie er meint, unverschuldeten Unfall. Auch die Versicherung behandelt ihn jetzt noch unfair. Dazu hat er wenig Zeit.«

»Ja, kann sein, dass einem da eine Sicherung durchbrennt«, stimmte Wiebke zu.

Sie kamen bei Oma Tieskes Kioskbüdchen vorbei.

Das kleine Kioskbüdchen der alten Frau lag am Georgswall nahe einiger älterer Bäume.

»Moin moin, ihr beiden«, grüßte sie, als sie die beiden Ermittler sah. »Einen Kaffee für dich?«

Sie sah Evert an, der nickte.

»Für dich auch was?«

»Einen Tee«, bat Wiebke.

»Kommt sofort. Diesmal habe ich sogar losen.«

»Aber zum Mitnehmen«, bat Wiebke. »Wir müssen weiter ins Büro.«

Oma Tieske wandte sich von ihnen ab und füllte zuerst einen Becher Kaffee ein, während der Wasserkocher sich erhitzte.

»Habt ihr also einen neuen Fall?«, fragte sie.

»Haben wir«, bestätigte Wiebke.

»Jemand, den man kennt?«

»Da können wir nichts zu sagen«, meinte Wiebke.

»Kandis und einen Lepel Milch dazu?«

»Gern.«

»Wieso könnt ihr denn nichts sagen?«

Oma Tieske nahm den Wasserkocher, der sich in diesem Moment abgeschaltet hatte, und füllte das heiße Wasser in einen Becher, in dem bereits ein Edelstahl-Tee-Ei hing.

»Weil die Ermittlungen laufen und bisher nicht mal eine offizielle Pressemitteilung bezüglich des Toten raus ist.«

»Es ist also ein Mann.«

Wiebke biss sich auf die Lippe und sagte nichts darauf.

»Na komm, Wiebke, zieh nicht so einen Mund. Hinterher bleibt das so! Du siehst als Froo sücht verfüllt good ut, aber mit so einer Schnute findest du dann trotzdem nur schwer einen Mann.«

»Es is beter, dat ′n Wicht um ′n Keerl verlegen is, as dat se naher mit hum verlegen is«, meinte Wiebke. Evert runzelte die Stirn, woraufhin sie ihm übersetzte: »Lieber überhaupt keinen Mann als einen, den man gerne wieder los sein möchte.«

»Auch wahr«, stimmte er zu. Zu Oma Tieske sagte er: »Wir dürfen nicht darüber reden, tut mir leid. Bisher ist nichts offiziell.«

»Na dann. Darf ich dir wenigstens Colaschlangen anbieten? Ich habe noch welche übrig. Sind noch von vorgestern, aber nicht sehr getrocknet.«

»Gern. Ich habe heute noch nichts gegessen.«

»Dann isst du hoffentlich aber noch was Anständiges und nicht nur das hier«, meinte Oma Tieske und reichte ihm eine Papiertüte mit Colaschlangen.

Evert und Wiebke bezahlten.

Oma Tieske nahm das Tee-Ei heraus und reichte Wiebke den Becher. Wiebke nahm ihn entgegen und bedankte sich.

»Ach, bevor ich es vergesse«, sagte Oma Tieske. »Habt ihr ein bisschen Appetit auf was Süßes?«

»Ich bin eingedeckt«, meinte Evert.

»Ja, aber ich hätte noch ein Eis für jeden von euch.«

»Vielen Dank, aber …«, setzte Wiebke an, doch Oma Tieske griff aus der Kühltruhe, die sich in dem kleinen Büdchen versteckte, dennoch zwei eingepackte Eis heraus und reichte sie ihnen.

»Bitte, die gehen aufs Haus. Die Kühltruhe ist kaputt und taut auf. Noch ist das Eis in Ordnung, und auch, wenn die Firma, die die Wartung macht, mir zugesichert hat, dass sie heute noch vor Feierabend jemanden schicken …« Sie schüttelte den Kopf. »Ich glaube das ja nicht. Ich warte schon zu lange. Da hat jemand keine Lust herzukommen, um einer armen Frau zu helfen.«

Evert und Wiebke nahmen das Eis entgegen.

Fiete war neugierig herangekommen und beäugte die Szenerie.

»Danke«, sagte Evert. »Da hilft man doch gerne aus.«

»Das ist leev von euch. Für das Hundje habe ich leider nur ein bisschen Kopfkraulen.«

»Das nimmt er auch gerne«, meinte Evert, als der schwarze Labrador Retriever zur Kioskwand kam und sich mit den Vorderbeinen so dagegenstellte, dass sein Kopf beinahe auf Höhe von Oma Tieskes Theke war. So konnte die alte Frau ihn ein wenig kraulen, während Fiete versonnen die Augen schloss.

Evert packte das Eis aus und warf den Verpackungsmüll in den Mülleimer neben dem Kiosk von Oma Tieske. Nachdem auch Wiebke ihr Eis ausgepackt hatte, verabschiedeten sie sich von der alten Frau und gingen zurück zur Polizeiwache.

Fiete folgte ihnen, als sie schon fast aus seiner Sicht verschwunden waren.

*

Klaas streckte sich, als er aus dem Dienstwagen stieg, mit dem er beim Hotel Schafhütte geparkt hatte.

Ihm war die Außenkamera aufgefallen, die auf den Parkplatz ausgerichtet war.

Er hatte nicht auf dem Parkplatz parken können, weil die Schranke sich nur öffnete, wenn man auf einem kleinen Bedienfeld einen Code eingab. So hatte er an der Straße geparkt.

Nun ging er zum Hotel und betrat die Lobby.

Achim Wiard erhob sich von seinem Stuhl hinter der Theke.

»Moin moin, was kann ich für Sie tun? Ihre Kollegen sind schon vor einiger Zeit gefahren.«

Klaas nickte. »Das weiß ich. Das Naturschutzgebiet ist jetzt abgesucht und wieder freigegeben.«

»Super, ach, Sie sind dann hier, weil Ihre Kollegen darum baten, dass ich Ihnen die Aufnahmen zukommen lasse. Ich habe hier einen USB-Stick mit den Videos der Überwachungskamera. Sind aber nur die letzten zwei Tage, weil dann alles automatisch gelöscht wird.«

»Haben Sie vielen Dank.« Klaas nahm den Stick entgegen und steckte ihn in seine Uniformjackentasche. »Des Weiteren würde ich Sie gerne um etwas bitten.«

»Sofern es Ihnen hilft, alles.«

»Da draußen sind Mülleimer beim Parkplatz. Leeren Sie die regelmäßig aus?«

»Na ja, eher unregelmäßig. Die gehören mir. Die Stadt kümmert sich hier draußen eh um nichts.«

»Gut, die Müllbeutel bewahren Sie bitte auf, genauso wie den Gebäudemüll der letzten Tage. Wäre das möglich?«

Achim Wiard runzelte die Stirn. »Sie wollen den Müll durchwühlen?«

»Nicht mehr heute, aber möglicherweise morgen, ja«, bestätigte Klaas. »Ich weiß, das klingt etwas seltsam, aber es ist sicherlich keine Vorliebe von mir. Nur, es ist gut möglich, dass der Täter mit hier im Haus wohnte und etwas im Müll landete, was uns helfen kann, den Fall zu lösen.«

»Ach, ich verstehe«, meinte Herr Wiard. »Ja gut. Das ist natürlich sinnvoll. Aber das sind einige Beutel, das kann ich Ihnen sagen.«

»Das ist dann leider so«, meinte Klaas. Er sah auf die Uhr. Es war schon nach vier.

»Wenn Sie wollen, können Sie bei uns auch jetzt warm essen«, sagte Herr Wiard. »Ich will mich nicht aufdrängen, aber Sie haben doch sicher Feierabend und, nachdem Sie den ganzen Tag da im Feld waren, sicherlich Hunger.«

»Das stimmt«, meinte Klaas nachdenklich. »Ich will aber nicht unbedingt mit Verdächtigen zusammensitzen. Wenn Sie verstehen, was ich meine.«

»Ja, sicher, aber die hatten vorhin erst Kuchen und sind auf einer Exkursion mit einem Boot in der Leybucht. Herr Fabricius bestand darauf, dass der ursprüngliche Plan eingehalten wird. Vielleicht soll die Normalität seinen Mitarbeitern helfen, den Tod von Herrn Renken zu verarbeiten. Das ist auch schlimm, ich habe noch nie einen meiner Gäste gehabt, der hier gestorben ist. Meine Frau sagt ja, als sie mal klein war, da ist ein Gast in einem Zimmer im Schlaf gestorben. Ihr Vater hat das monatelang nicht vermietet, weil er immer ein schlechtes Gefühl hatte. Schlussendlich hat er sich aber einen Ruck gegeben und es doch getan. Nur die Matratze hat er weggeworfen, auf der der Gast im Schlaf an Herzinfarkt starb.«

»Ja, der Tod ist kein gern gesehener Gast«, sagte Klaas. »Aber drum herum kommen wir alle nicht.«

»Nein, leider nicht. Sie haben da sicherlich ein dickeres Fell, wenn Sie so oft damit zu tun haben.«

Klaas machte eine wegwischende Handbewegung. »Im Gegenteil. Man gewöhnt sich da nie dran. Ich hätte auch Sorge, wenn ich nicht manchmal durch Schicksale nachdenklich würde, die mir begegnen. Dann wäre ich vermutlich nicht mehr richtig im Kopf.«

»Man hat dann sicher einen etwas anderen Blick aufs Leben.«

»Vielleicht«, meinte Klaas. »Sie schieben vielleicht hin und wieder mal Sachen nicht so lange vor sich her, weil Sie eher dran denken, dass ›später‹ ganz schnell ›nie‹ heißen kann.«

»Tja, wollen Sie dann hier essen oder lieber später in Aurich?«, fragte Herr Wiard.

Klaas musste lachen. »Eine Kleinigkeit nehme ich gerne.«

»Dann bitte dort rechts durch die Tür und den Flur entlang. Das ist der Restaurantbereich.« Klaas nickte und folgte der Wegbeschreibung. Am Ende des Flurs trat er in einen gemütlichen Bereich, in dem ungefähr zehn unterschiedlich große Tische standen. Rundherum gab es große, vermutlich später erst eingesetzte Fenster, die einem eine wundervolle Aussicht auf das Grundstück hinter dem Hotel boten. Es war sonst niemand dort. Klaas setzte sich auf einen freien Stuhl an einem Tisch und hängte seine Uniformjacke über die Stuhllehne. Nach kurzer Zeit erschien Herr Wiard und brachte ihm die Karte. Klaas warf einen Blick darauf und sagte: »Ich denke, die Pfeffermakrele klingt verlockend.«

Der Hotelbetreiber verzog ein wenig den Mund. »Das tut mir sehr leid, aber meine Frau ist noch nicht in der Küche zugange. Deswegen kann ich leider nur ein etwas eingeschränktes Angebot bieten. Nehmen Sie lieber etwas anderes.«

»Na, dann würde ich sagen, das Schnitzel klingt auch sehr gut.«

Erneut verzog der Hotelbetreiber ein wenig den Mund. »Ja, also dazu fehlen mir im Moment die Paprika für die Soße.«

Klaas runzelte die Stirn. »Okay, dann machen wir es doch andersherum: Was können Sie gerade denn Leckeres empfehlen?«

»Was halten Sie von einer Portion Kartoffelsalat mit einem schönen Rostbratwürstchen? Stammt von unseren eigenen Heidschnucken.«

Der Polizist nickte. »Soll mir recht sein«, sagte er.

»Dann kommt es sofort.«

Klaas hatte eher das Gefühl, dass der Mann nichts anderes anzubieten gehabt hatte. Er saß da und sah aus dem Fenster. Seine Gedanken konnten bei dieser Aussicht richtig zur Ruhe kommen. Und langweilig wurde die ostfriesische endlose grüne Weite für ihn nie. »So, schon fertig«, sagte Herr Wiard, als er ein Tablett brachte und vor Klaas einen Teller mit Kartoffelsalat, dampfendem Rostbratwürstchen und einer kleinen Schale Senf abstellte. »Darf ich Ihnen noch etwas zu trinken bringen?«

»Ein Feierabendbier, was auch immer Sie hier empfehlen.«

»Sofort«, sagte er, bevor er ein »Guten Appetit« folgen ließ.

Klaas nickte ihm zu, und als er allein war, begann er zu essen.

Der Kartoffelsalat schmeckte Klaas gut, und während er nachdenklich aß, öffnete jemand erneut die Tür zum Restaurantbereich.

Klaas wandte sich freudig um, doch nicht Herr Wiard, sondern eine Frau Mitte dreißig kam herein. Ihre blonden Haare fielen auf ihre Schultern. Die braunen Augen waren leicht gerötet.

»Moin«, sagte sie. »Seh ich so verheult aus, dass Ihr Lächeln augenblicklich ersterben musste?«

Klaas schnaubte. »Nee, aber ich habe jemand anderes erwartet.«

In diesem Augenblick kam Herr Wiard herein und brachte Klaas sein Bierglas.

»Frau Hinnen, wenn möglich lassen Sie ihn bitte in Ruhe«, sagte Herr Wiard. »Er gehört zu den Polizisten, die das Naturschutzgebiet durchsucht haben, und er will jetzt seine Ruhe haben.«

»Natürlich«, gab Frau Hinnen zurück. Herr Wiard ging durch eine andere Tür als die, durch die er gekommen war, und ließ sie beide allein.

»Sie arbeiten also auch an dem Mordfall Bajo Renken?«, fragte Sarah Hinnen und trat näher zu Klaas.

Der hatte an dem Bier genippt und nickte. »Jo.«

»Das ist so furchtbar, dass der arme Bajo tot ist.«

»Jo.«

»Und, haben Sie schon etwas herausgefunden?«

»Ja, aber das ist leider nichts, das ich erzählen darf.«

»Das verstehe ich«, sagte sie.

»Sollten nicht alle Leute von der Boomstark-Versicherung auf einer Bootstour sein?«

»Das macht mein Magen im Moment nicht mit. Ich bin sehr empfindsam, wissen Sie? Und mein Magen verträgt das Geschaukel nicht. Dazu kommt diese ganze Gesamtsituation. Es ist sehr belastend, wenn jemand stirbt, den Sie jeden Tag bei der Arbeit gesehen haben.«

»Kannten Sie sich denn gut?«

»Nein, aber dennoch ist der Tod in unsere Mitte getreten. Das ist so willkürlich. Jetzt ist ein Mensch weg.«

»Das ist immer ein Schock«, sagte Klaas und aß weiter.

»Nun, ich will Sie dann auch mal nicht weiter stören. Guten Appetit«, sagte sie und verließ den Raum.

»Jo«, sagte Klaas und entspannte sich etwas. Hier war er jetzt fast so allein mit seinen Gedanken wie in seiner Lieblingskneipe in Aurich, dem Nachtwächter.

Er überlegte, ob er noch kurz dort vorbeifahren sollte oder direkt nach Hause.

Kapitel 7

Evert ließ sein silbernes Mountainbike ausrollen und stellte es im Innenhof der Polizeiwache Aurich ab. Nachdem er es abgeschlossen hatte, ging jemand an ihm vorbei und grüßte.

»Moin«, gab er reflexartig zurück und sah beim Hochkommen aus der Hocke, dass sein Vorgesetzter Polizeirat Abbo Tichels neben ihm stand. Abbo trug einen grauen Mantel über seinem Nadelstreifenanzug und in der linken Hand eine dicke lederne Aktentasche.

Fiete hatte sich neben Abbo gesetzt und sah erwartungsvoll von Evert zu Abbo.

»Evert, ich wollte sowieso zu euch. Ist Wiebke schon da?«

»Finden wir es heraus«, sagte Evert. Sie gingen hinauf ins Großraumbüro der Kriminalpolizei. Dort fanden sie Wiebke zwar nicht vor, allerdings in der daneben befindlichen kleinen Teeküche.

»Moin, ihr beiden«, grüßte sie, während sie sich eine kleine Kanne eingoss.

»So«, sagte Abbo. »Ihr habt einen Toten hinten an der Leybucht?«

»Genauer im Naturschutzgebiet Hauener Pütten«, sagte Evert und fasste ihm den Fall so weit zusammen.

»Also wer sind eure Verdächtigen?«

»Tja, da wird es jetzt schwierig«, meinte Evert. »Andrea Eppmann könnte etwas mit ihm gehabt haben, ist zumindest die Theorie seiner Kollegen. Aber Beweise haben wir nicht.«

»Ihr Alibi ist zumindest löchrig«, meinte Wiebke. »Sie war angeblich mit ihrem Mann auf dem Zimmer, beide haben geschlafen, weil sie müde waren.«

»Sich rausschleichen, einen Mord begehen und wieder reinschleichen ist aber auch ein ziemliches Risiko.«

»Dann wäre da noch Marvin Piech. Er hat eher ein Motiv und kein Alibi. Zudem könnte sich bei ihm einiges an Wut aufgestaut haben.«

»Ja, das ist vielleicht eher eine Möglichkeit«, murmelte Abbo nachdenklich. »Aber so viele Leute waren mit Bajo Renken in der

73

Schafhütte, mit denen er jeden Tag arbeitete. Talke Fabricius, sein Vorgesetzter, hatte vielleicht auch einen guten Grund. Immerhin wollte er nicht, dass diese Frau Jannsen aus dem Vorstand weiter belangt wird.«

Wiebke nahm den Teebeutel aus ihrer Kanne heraus. »Das ist richtig«, stimmte sie zu. »Und Philippa Weerda könnte uns auch angelogen haben. Sie ist diejenige, die behauptet hat, dass unser Mordopfer genauso gerochen hat wie Frau Sarah Hinnen.«

»Du meinst, dass sie uns auf eine falsche Fährte geschickt hat?«, meinte Evert.

»Wäre möglich. Es ist schon ein seltsames Detail, das sie da erwähnt hat.«

Abbos Jackentasche begann zu vibrieren. Er nahm sein Handy heraus und sah auf das Display. »Da muss ich drangehen. Verfolgt alle Spuren erstmal weiter und bleibt offen. Nichts davon scheint bisher richtig Hand und Fuß zu haben.«

»Machen wir«, sagte Evert, und ihr Vorgesetzter verließ die Teeküche.

»Wo ist Klaas?«, fragte Evert seine Kollegin, als sie zurück in ihr Büro gingen.

»Der ist nochmal zum Hotel gefahren und durchsucht mit Tido dort den Müll.«

»Hat er einen konkreten Verdacht, dem er nachgeht?«

»Nein, er hofft einfach darauf, dass der Mörder einen dummen Fehler gemacht hat, und in Anbetracht der Tatsache, dass bis auf Marvin Piech alle unsere möglichen Verdächtigen im Hotel wohnen …« Sie zuckte mit den Schultern. »Hoffentlich hat er Erfolg. Er hat heute Morgen noch die Videoaufnahmen der Kamera am Parkplatz der Schafhütte vorbeigebracht.«

»Willst du dir die ansehen oder soll ich?«

»Wenn du schon so fragst, mach du das. Ich will nochmal auflisten, was wir alles wissen, und sehen, ob wir etwas mehr über alle Beteiligten herausbekommen.«

»Du denkst, da gibt es noch eine Verbindung, die wichtig sein könnte?«

»Wer weiß. Bevor wir das nicht geprüft haben, können wir es nicht ausschließen.«

Evert nickte. »Schauen wir mal«, meinte er und begann sich die Aufnahmen der Videokamera durchzusehen. Da er zwei Tage voller Material hatte, entschied er sich einfach chronologisch anzufangen und alles einmal in mehrfacher Geschwindigkeit durchzusehen.

Sie arbeiteten beide schweigend vor sich hin.

Zwischendurch ging Wiebke kurz aus dem Büro und kam mit dem Laptop wieder, den die IT-Abteilung ihnen inzwischen freigeschaltet hatte. Offenbar war es nicht sonderlich schwer gewesen, ihnen darauf Zugriff zu verschaffen.

Während Evert die Videos durcharbeitete, gähnte er.

»Na, brauchst du einen Kaffee von Oma Tieske?«, fragte Wiebke.

»Ja, gleich. Ich bin jetzt bei den Aufnahmen kurz vor der Tatzeit.« Auf einmal setzte er sich aufrechter hin.

Wiebke runzelte die Stirn. Die Änderung in Everts Haltung war sofort bemerkbar. »Hast du was?«

»Da fährt ein uns bisher unbekannter Mann auf den Parkplatz. Auf den Parkplatzabschnitt, wo man nur mit dem Code hin-kommt. Er hält nicht nur an der Straße.«

»Ist das Kennzeichen zu sehen?«

»Nein, nur der Anfang. Es ist ein Auricher Kennzeichen.«

Wiebke war zu ihm herübergekommen und sah ihm über die Schulter.

»Das heißt, er muss einen Code vom Hotel gehabt haben.«

»Ja, aber es gab doch keine weiteren Gäste, oder?«

»Nein, im Moment nicht. Ich rufe Herrn Wiard mal an und frage danach.«

Evert wählte die Nummer des Hotels und nach zweimaligem Klingeln meldete sich Achim Wiard.

»Moin, Hotel Schafhütte, was kann ich für Sie tun?«

»Kriminalkommissar Evert Brookmer nochmal, ich war gestern mit meiner Kollegin bei Ihnen.«

»Ja, der mit dem Hundje.«

»Genau der. Sagen Sie, wir haben die Videoaufnahmen Ihrer Kamera am Parkplatz angesehen und festgestellt, dass um sechzehn Uhr dreißig ein Mann dort geparkt hat, den wir nicht kennen.«

»Wie ein Mann?«

»Er hat einen Code eingegeben, ist auf den Parkplatz gefahren und hat dort geparkt. Dann ist er in Richtung des Hotels gegangen«, sagte Evert und ließ die Aufnahme nochmal durchlaufen, während er sprach. »Er muss also einen Code gehabt haben, den man sonst nur mit einem Zimmer zusammen bekommt, oder?«

»Das ist richtig. Die Codes gehören zu den Zimmern. Halb fünf, sagten Sie? Ich schau mal, welcher Code verwendet wurde. Warten Sie bitte einen Moment.«

»Sicher.«

»Sind Sie noch da?«, fragte Achim Wiard kurz danach.

»Ja.«

»Also, der Code, der zu der Uhrzeit Verwendung fand, gehört zum Zimmer der Eppmanns.«

»Haben Sie vielen Dank. Sind die Eppmanns im Moment da?«

»Ich denke es. Gerade ist eine Seminarpause.«

Evert verabschiedete sich und rief die Nummer von Andrea Eppmann an.

»Moin, Frau Eppmann, hier ist nochmal Kriminalkommissar Evert Brookmer.«

»Herr Brookmer, was kann ich für Sie tun?«

»Ich hätte eine kurze Frage an Sie.«

»Bitte.«

»Sie bekamen mit der Zimmerreservierung einen Code für die Schranke, richtig?«

»Ja, wir alle bekamen den. Wieso?«

»Weil ihn jemand benutzt hat, den wir zu identifizieren versuchen. Haben Sie den Code weitergegeben?«

»Nein, das habe ich nicht. Ich frage mal kurz meinen Mann … Er sagt, er hat den Code nicht weitergegeben. Nur einmal auf dem Handy aufgerufen, als er auf den Parkplatz fuhr. Da muss ein Irrtum vorliegen.«

»Ja, wir schauen mal. Haben Sie vielen Dank.«

Evert beendete das Gespräch und rief erneut Herrn Wiard an.

»Moin, Brookmer nochmal.«

»Ja, was gibt's denn?«

»Werden die Codes jedes Mal bei einer Neubuchung automatisch generiert oder sind es die gleichen Codes?«

»Nee, die sind immer gleich. Also, ich ändere die manchmal, aber nicht dauernd. Das muss man händisch machen, so dolle funktioniert die Anlage noch nicht ohne mich.«

»In dem Fall könnten Sie mir bitte einmal eine Liste aller früheren Übernachtungen im Zimmer der Eppmanns geben, ja?«

»Aller?«, fragte Herr Wiard etwas entsetzt.

»Sagen wir des letzten halben Jahres.«

Er seufzte. »Okay, aber das dauert erstmal einen Moment.«

»Kein Problem. Haben Sie vielen Dank für Ihre Mühe.«

Er legte auf und wählte die Nummer seines Kollegen Klaas.

»Moin, Herr Doktor, ich wollte euch gleich auch anrufen: Ich habe gute Neuigkeiten.«

»Oh, dann du zuerst.«

»Nein, du zuerst.«

»Also gut, bist du noch am Hotel?«

»Ja.«

»Ich will, dass du eine Probe nimmst. Draußen stehen große Blumenkübel aus Beton, die den Parkplatz eingrenzen.«

»Ja, mit so Plastikblumen drin. So wie die jetzt schon blühen, sind die nie im Leben echt.«

»Genau. Wir haben einen Kerl, der vor dem Mord mit dem Zugangscode eines Gastes auf den Parkplatz gefahren ist. Vielleicht ein früherer Gast, das ist aber erstmal egal. Der hat ein Kaugummi an dem Topf angeklebt, als er Richtung Hotel oder Naturschutzgebiet ging.«

»Hast du ihn im Verdacht, der Täter zu sein?«

»Bisher weiß ich nicht mal, wer der Kerl ist. Aber wenn es zum Beispiel ein ehemaliger Gast ist, der seinen Zugangscode weiter nutzt, um da für Spaziergänge zu parken, könnte er zur Tatzeit in der Nähe gewesen sein.«

»Vielleicht endlich ein hilfreicher Zeuge«, murmelte Klaas.

»Kann sein. Moment. So, ich bin jetzt bei den Kübeln. Ich habe das Kaugummi gefunden und tüte es gleich ein, dann kann ich es mit dem Schlagstock ins Labor schicken.«

»Schlagstock?«

»Ja«, sagte Klaas, und Evert war sich sicher, dass sein Kollege zufrieden grinste. »Ich habe mal wieder recht gehabt. Verbrecher sind alle Trottel.«

»Führ das bitte genauer aus, was hast du gefunden?«

»Einen Schlagstock aus Holz, etwa unterarmlang. Er lag in der Mülltonne.«

»Dr. Elias hatte auf einen Baseballschläger spekuliert, aber ich denke, ein Schlagstock könnte es auch sein.«

»Das soll das Labor in Oldenburg klären. Dann können sie gleich mal sehen, ob am Stock noch DNS-Spuren haften. Leider war die Mülltonne auf und es hat reingeregnet, stand ganz schön Wasser drin.«

»Trotzdem, das könnte uns endlich einen bedeutenden Schritt weiterbringen«, sagte Evert.

»Sie machen halt alle Fehler«, meinte Klaas und verabschiedete sich. Nachdem er aufgelegt hatte, sah Evert zu Wiebke.

»Du hast was herausgefunden«, stellte sie fest.

Er nickte. »Habe ich.« Er fasste ihr seine neuesten Erkenntnisse zusammen und ebenso die Neuigkeit, dass Klaas vermutlich die Tatwaffe gefunden hatte.

»Das ist toll«, sagte Wiebke. »Hoffen wir, dass das Labor etwas damit anfangen kann. Ich war aber auch nicht untätig.«

»Was hast du herausgefunden?«

»Ich habe angefangen, alle Leute zu überprüfen, mit denen Herr Renken regelmäßig zu tun hatte, angefangen bei seinen direkten Kollegen bei der Versicherung.«

»Jemand dabei, den wir nochmal genauer ansehen sollten?«

»Oh ja, auch wenn ich noch nicht genau weiß, ob es mit unserem Fall zu tun hat. Du erinnerst dich an Hanno Onken, oder?«

»Der etwas zwielichtige Betreiber der Schwertfischbar? Ja, was hat er damit zu tun?«

»Frau Hinnen ist vorbestraft. Sie hat vor sechs Jahren schwere Sachbeschädigung begangen, und hier steht, dass ihr Vater den Anwalt bezahlt hat. Beim Vater handelt es sich um Hanno Onken.«

Evert hob neugierig die Augenbrauen. »Hanno Onken ist Sarah Hinnens Vater?«

»Ja, ich weiß nicht, ob es was mit dem Fall zu tun hat, aber ich will gerne mal mit Herrn Onken reden.«

»Unbedingt.« Er sah auf die Uhr. »Es ist schon Nachmittag, die Schwertfischbar sollte aufhaben, auch wenn es so richtig da erst später am Tag losgehen soll. Wollen wir direkt los?«

Wiebke nickte.

Evert schaltete seinen Dienstrechner ab, stand auf und ging zu Fiete. Der Hund drehte sich schläfrig auf die Seite und zeigte seinen Bauch. Evert kraulte ihn ein wenig.

»Wir wollen los, Fiete«, sagte er. »Eine kleine Runde um den Block zur Schwertfischbar.«

Beim Wort »Runde« öffnete der schwarze Labrador Retriever die Augen und sah Evert neugierig an.

»Ja, genau«, sagte Evert. »Wir gehen.«

Fiete sprang auf und lief freudig wedelnd um Evert herum, während der sich seinen Kurzmantel und die Leine von Fiete holte.

Im Flur wartete Wiebke schon auf sie. Gemeinsam gingen sie hinunter und in Richtung der Altstadt.

Es dauerte nur eine Viertelstunde, bis sie bei der Schwertfischbar ankamen. Normalerweise standen vor der Kneipe immer ein paar Motorräder, diesmal aber waren sie offenbar zu früh. Über dem Eingang hing ein Schild mit der Aufschrift »Schwertfischbar«. Daneben befand sich ein Piktogramm zweier Schwertfische, die mit ihren langen Auswüchsen gegeneinander zu kämpfen schienen.

Wiebke und Evert betraten die Bar. Nirgendwo standen Öffnungszeiten und die Tür war nur angelehnt.

»Moin«, sagte Evert dabei vernehmlich. »Jemand da?«

Sie betraten einen großen Raum, der einen Großteil der unteren Etage des Gebäudes einnahm. Einst waren die Wände mit hellem

Kiefernholz vertäfelt gewesen, doch Zeit und Zigarettenrauch hatten ihm einen dunklen gelblichen Ton gegeben. Die Lampen, die von der Decke hingen, hatten erblindete goldene Metallschirme. Eine lange Theke aus dunklem Holz zog sich durch den Raum. Rechter Hand ging der Raum weiter. Neben kleinen Tischen befanden sich dort zwei große Billardtische.

Ein Mann Anfang fünfzig mit massigen Schultern und Glatze sowie einem kleinen Kinnbart wischte zwischen den Tischen feucht durch. Sein Hemd hatte er bis auf seine kräftigen Oberarme hochgekrempelt, und die Lederweste, die er trug, hing offen.

Hanno Onken beantwortete Everts Frage: »Ja, ist jemand da und der ist am Putzen, also raus, ich muss hier noch wischen.« Evert reagierte nicht sofort, also redete Hanno Onken weiter: »Musst mich gar nicht so angapen, seht zu, dass ihr Land gewinnt. Vor die Tür, hier wird's gleich waterig!«

»Herr Onken, wir müssen Sie sprechen«, sagte Wiebke. »Wir sind von der Kripo Aurich.«

»Ja, schön. Nu aber ab vor die Döören, wir reden da. Fünf Minuten. Die Polizei wird pro Stunde bezahlt, ich muss hier fertig werden. Ich habe noch andere Dinge zu tun.«

Evert zog Fiete mit vor die Tür, bevor der Hund weiter in die Kneipe hineinlaufen konnte. Wiebke hatte eindeutig noch eine Bemerkung auf der Zunge liegen, schien die aber runterzuschlucken.

Sie warteten ein paar Minuten, bis Hanno Onken zu ihnen kam und den Mopp sowie einen Eimer abstellte.

»So, nu ist das auch erstmal wieder für ein Jahr erledigt«, sagte er. »Also, was will die Kripo denn diesmal?«

An Hanno Onkens Hemdkragen war gerade eben noch eine Tätowierung zu sehen. Das Motiv konnte nur erahnt werden, schien aber das gleiche zu sein wie auf dem Schild der Kneipe.

»Herr Onken, wir haben ein paar Fragen an Sie«, sagte Evert und zeigte nochmal seinen Dienstausweis. Onken beachtete den kaum.

»Ich erinnere mich an Sie, ist aber schon etwas her, oder? Sie waren mit Ihrem Kollegen hier, dem Alten mit den grauen Haaren.«

»Ja«, bestätigte der Kriminalkommissar und dachte bei sich, dass Klaas es keineswegs schätzen würde, als »der Alte« zu gelten.

»Also gut, machen Sie es flott. Ich spare uns mal allen Zeit und sage: Ich war's nicht. Wann soll ich's denn getan haben?«

»Wir wüssten gerne, wo Sie gestern ab siebzehn Uhr waren.«

Hanno Onken deutete auf die Kneipe. »Hier, wo sonst? Können mindestens drei Nasen belegen. Einen davon kenn ich gut genug, um Ihnen direkt seine Nummer zu nennen. Die anderen beiden kommen sicher heute oder morgen wieder und ich sag Ihnen die Nummern dann.«

»Das wäre hilfreich«, meinte Evert und reichte ihm seine Karte. »Wer ist denn tot?«

»Kennen Sie Herrn Bajo Renken?«

»Nein, nie gehört. Sollte ich?«

»Er arbeitete bei der Boomstark-Versicherung. Sagt Ihnen das was?«

»Nee, sollte es? Ich bin nicht bei denen, soweit ich weiß.«

Evert sah Hanno Onken dabei genau an. Offenbar schien der Name der Versicherung dem Mann wirklich nichts zu sagen.

»Er war ein Kollege von Sarah Hinnen.«

Ganz kurz, für eine Millisekunde, kniff Hanno Onken die Augen leicht zusammen und richtete den Blick direkt auf Evert. Doch dann fragte er beinahe unbekümmert: »So, war er das?«

»Ja, war er. Soweit wir wissen, ist Frau Hinnen Ihre Tochter. Ist das korrekt?«

»Ja. Wie ist Herr Renken gestorben?«

»Er wurde ermordet, während er auf einer Fortbildung mit seinen Kollegen von der Versicherung war. Wie ist Ihr Verhältnis zu Ihrer Tochter, wenn ich fragen darf?«

»Was denken Sie? Ich weiß nicht, dass man auf ihrer Fortbildung jemanden getötet hat, und ich weiß nicht, wo sie arbeitet. Meine Tochter ist eine erwachsene Frau. Die tut, was sie will. Mehr habe ich da nicht zu sagen. Wollen Sie noch die Nummer meines Kunden, der mein Alibi für gestern bestätigen kann?« Er zog sein Handy aus der Gesäßtasche.

Evert nickte und schrieb die Nummer auf, die ihm nun diktiert wurde.

»Haben Sie schon einen Verdächtigen?«

»Dazu können wir leider nichts sagen.«

»Gut, aber irgendwie scheint das ja mit meiner Tochter zusammenzuhängen, wenn Sie hier sind.«

»Wir ermitteln erstmal ergebnisoffen in jede Richtung.«

»Sie haben keine Ahnung? Das soll ich glauben? Nee, Sie haben sicher jemanden im Blick. Wenn da noch ein Mörder in der Versicherungsfirma rumläuft, will ich das wissen.«

»Wieso? Was gedenken Sie zu tun?«

»Wenn meiner Tochter eine Gefahr droht, will ich das wissen«, sagte Hanno Onken und steckte sein Handy wieder in die Hosentasche. »Damit ich tun kann, was man als Vater dann tut.«

»Und was wäre das?«, fragte Evert.

»Jedwede Gefahr im Keim ersticken. Da geht man kein Risiko ein und zerschlägt lieber zu viel Porzellan als zu wenig.«

»Sie wollen also drohen?«

»Ich drohe nie, Herr Brookmer. Ich gebe Versprechen ab. Also, wissen Sie, ob meiner Tochter Gefahr droht?«

»Bisher sieht es nicht so aus.«

Hanno Onken seufzte. »Wenn es das jetzt ist, würde ich gerne noch was erledigen.« Dann verschränkte er die muskulösen Oberarme vor der Brust. »Oder haben Sie noch weitere dumme Fragen?«

»Vorerst nicht«, gab Evert zurück. Er sah ein, dass das hier zu nichts führte. Ob Herr Onken sie anlog, konnten sie nicht feststellen, und wenn er nicht kooperieren wollte, konnten sie ihn vorerst nicht dazu bewegen.

Sie machten sich auf den Weg zurück zur Polizeiwache.

Kapitel 8

Als Evert und Wiebke zurück im Großraumbüro der Kriminalpolizei waren, riefen sie kurz bei Klaas an, und Evert erkundigte
sich, ob er noch im Hotel war.

»Bin ich, Herr Doktor. Der Herr Wiard brauchte nämlich Hilfe
dabei, die Liste der bisherigen Übernachtungsgäste aus seinem
System zu exportieren. Ich bin zwar ein bisschen überbezahlt für
Senioren-Computerkurse, aber das habe ich wohl noch
hinbekommen. Wieso?«

»Wir haben erfahren, dass Sarah Hinnen die Tochter von Hanno
Onken ist.«

»Ach? Ostfriesland ist doch ein Dorf«, meinte Klaas. »Denkt ihr,
das hat was mit dem Fall zu tun?«

»Bisher haben wir keine Belege, aber mal mit Herrn Onken
gesprochen. Er war aber nicht sonderlich kooperationsbereit und
behauptet, ein Alibi zu besitzen. Generell will er mit seiner
Tochter wenig zu tun haben.«

»Nun, ein Mann wie Onken kann auch einen Freund schicken,
um jemanden unter Druck zu setzen.«

»Ja, oder es ist andersherum.«

»Wie meinst du das?«

»Jemand hat es auf Onken abgesehen und irgendwie ist Bajo
Renken da reingeraten?«

»Bisher ist alles noch recht offen. Ich rede mal mit ihr, bevor ich
fahre.«

»Danke.«

Evert verabschiedete sich und legte auf.

*

Klaas ging hinaus auf die Terrasse des Hotels, die durch eine Tür
mit dem Restaurantbereich verbunden war. Sarah Hinnen saß dort
und las etwas auf ihrem Laptop.

»Moin, Frau Hinnen«, sagte Klaas und setzte sich ihr gegenüber
an den Tisch.

Sie wischte eine blonde Strähne aus ihrem Gesicht. »Moin, Herr Behrends. Heute doch Lust zu reden?«, fragte sie.

»Ein wenig«, gab er zurück. »Sie haben im Moment frei?«

»Ja, wir haben eine Dreiviertelstunde Pause, bevor unsere Abendveranstaltungen beginnen. Ich bin froh drum. Das alles ist ganz schön viel, so auf heile Welt machen, während doch einer von uns … genommen wurde.«

»Das muss belastend sein«, stimmte Klaas zu. »Ich hätte noch ein paar Fragen an Sie.«

»Bitte, was immer Ihnen hilft. Haben Sie schon einen Verdächtigen im Mordfall?«

»Nichts, worüber ich reden darf. Sagen Sie, uns ist bei unseren Ermittlungen aufgefallen, dass Ihr Vater Hanno Onken ist.«

Ihre Augen verengten sich zu Schlitzen. »Was soll mein Vater mit all dem zu tun haben?«

»Das frage ich Sie.«

»Ich verstehe nicht.«

»Nun, Ihr Vater ist nicht nur mehrfach vorbestraft, sondern auch bis heute durchaus in das kriminelle Milieu verstrickt. Wir ermitteln in jede Richtung und müssen deswegen auch so einer Spur nachgehen.«

»Ich denke, das …«, begann Frau Hinnen und zögerte. Dann schüttelte sie den Kopf. »Das kann ich mir nicht vorstellen«, sagte sie schlussendlich. »Aber ich weiß es nicht. Wir haben kein gutes Verhältnis.«

»Hat Ihr Vater mal Bajo Renken erwähnt?«

»Nein, ich habe mit ihm seit Jahren keinen Kontakt! Ich weiß nicht, was so in seinem Leben passiert, und ich will das nicht wissen. Er soll sich von mir fernhalten.« Sie schwieg erneut einen Augenblick lang und Klaas merkte, dass sie noch etwas sagen wollte. Er schwieg und wartete ab, um ihr Zeit zu geben, sich zu sammeln.

»Es kann natürlich sein, dass er da irgendwie mit drinsteckt«, meinte sie dann. »Aber ich kann es mir nicht vorstellen. Da müssen Sie sich irren.«

Klaas hatte das Gefühl, dass die Erwähnung ihres Vaters diese Frau wirklich überrascht hatte.

Er nickte nachdenklich.

»Gut, das wäre auch erstmal alles.«

»Warten Sie«, murmelte Frau Hinnen. »Also, ich habe vielleicht …«

»Ja?«

Klaas setzte sich wieder hin.

»Also, wenn mein Vater da doch mit drinhängt … Ihre Kollegen haben mich gefragt, wie ich zu Bajo stand, und ich habe vielleicht nicht so richtig nachgedacht.«

Klaas' buschige Augenbrauen wanderten ein wenig nach oben.

»Was wollen Sie damit sagen?«

»Also, vor einem Jahr bin ich mal mit Bajo ausgegangen. Ich dachte nicht, dass es wichtig ist, weil wir halt nur mal ausgegangen sind. Bajo war nett, aber nicht so mein Typ. War zweimal, dass ich mit ihm aus war, und mehr lief da nicht. Aber ich weiß nicht, ob mein Vater das mitbekommen hat. Aurich ist keine Großstadt und ich kann mir vorstellen, dass er noch immer ein Auge auf mich hat.«

»Ein Auge auf Sie hat?«, wiederholte Klaas.

»Ja, wir haben wie gesagt kein gutes Verhältnis. Er hat früher sehr versucht, mein Leben zu kontrollieren, obwohl er nicht einmal mehr mit meiner Mutter zusammen war! Er hat auch schon mal Männer, mit denen ich ausgegangen bin, unter Druck gesetzt, weil er meinte, die passen nicht zu mir.«

»Konnten Sie das nachweisen oder handelt es sich um einen Verdacht?«

»Nein, nicht gerichtsfest, wenn Sie das meinen. Aber ich weiß, dass er das gemacht hat.«

»Und Sie denken, das könnte auch auf Bajo Renken zutreffen?«

»Vielleicht«, sagte sie und zuckte mit den Schultern. »Ich kann es Ihnen nicht sagen. Das müssen Sie herausfinden.«

»Werden wir«, sagte Klaas. »Könnten Sie uns einen früheren Partner von Ihnen nennen, bei dem Sie vermuten, dass Ihr Vater ihn bedroht hat?«

Sie zögerte kurz. »Ja, ja, kann ich.«

Sie nannte ihm die Namen und die damaligen Wohnadressen.

»Gut, wir finden alles Weitere heraus.«

Er stand auf und verabschiedete sich von ihr.

Er würde noch kurz mit Talke Fabricius sprechen und ihn fragen, ob er den Namen Hanno Onken nicht irgendwoher kannte.

*

Evert hatte versucht herauszufinden, wer der Unbekannte war, der mit Frau Eppmanns Zugangscode auf den Parkplatz des Hotels gefahren war.

»Eine erste Suche hat nichts zu ihm ergeben«, sagte Evert. »Die Aufnahme ist nicht besonders gut. Ich habe das Ganze jetzt mal an das Bundeskriminalamt geschrieben und hoffe, die finden etwas zu ihm. Hast du was Interessantes auf dem Laptop von Herrn Renken gefunden?«

»Nein, nicht wirklich.«

Everts Telefon klingelte.

»Moin, Sie haben versucht mich anzurufen und eine Nachricht auf der Mailbox hinterlassen«, meldete sich ein Mann bei Evert.

»Ja, Herr Scherzinger?«

»Derselbe, wat wollen Sie nu? Ich habe nix verbrochen.«

»Das behaupten wir auch nicht. Hier ist Evert Brookmer, Kriminalpolizei Aurich. Ich wüsste gerne, wo Sie gestern ab sechzehn Uhr dreißig waren.«

»In der Schwertfischbar, ab vier ungefähr. Wieso?«

»War Herr Onken da?«

»Ja, sicher. Ist seine Kneipe.«

»War er den ganzen Abend da?«

»Ja. Oder nee, Moment. Wieso?«

»Wir klären ein Alibi. Bitte denken Sie an Ihre Bewährungsauflagen und daran, dass es wichtig ist, hier die Wahrheit zu sagen«, meinte Evert.

»Jo.«

»Also?«

»Hanno war mal weg. Die Fenna hat die Theke geschmissen. Richtig hübsch, obwohl sie schon Anfang vierzig ist. Sieht aus wie zwanzig. Hat aber leider einen Ring am Finger. Für manche ist das kein Hindernis, sondern ein Ansporn. So einer bin ich aber nicht.«

»In Ordnung, ab wann war Herr Onken nicht da?«

»Ja, so sechzehn Uhr dreißig ist er mal los und dann habe ich ihn erst später wieder gesehen. Da war es dann voller. Ich habe mit einem Freund Karten gekloppt, da habe ich nicht dauernd auf Hanno geschaut.«

»Wann war er ungefähr zurück?«

»Also, so gegen acht Uhr hat er das Spiel auf dem Fernseher angemacht. Werder Bremen hat gespielt. Da war Hanno also wieder da.«

»Gut, danke.« Er legte auf.

»Onkens Alibi ist gerade geplatzt«, sagte Evert und fasste Wiebke zusammen, was er erfahren hatte.

Wiebke lehnte sich etwas in ihrem Bürostuhl zurück. »Das rückt alles natürlich in ein etwas anderes Licht.«

In diesem Augenblick klingelte Wiebkes Telefon.

»Moin Klaas, Moment: Ich stelle dich mal auf laut«, sagte Wiebke.

»Moin, ihr beiden, also, Frau Hinnen behauptet, mit ihrem Vater in den letzten Jahren wenig zu tun gehabt zu haben. Der Kontakt wurde von ihr abgebrochen. Aber sie sagt, ihr Vater hat früher schon Männer unter Druck gesetzt, wenn sie mit ihr ausgegangen sind.«

»Und sie und Bajo Renken …«

»Genau, die beiden sind zweimal ausgegangen. Sie sagte, da sei nicht mehr geschehen, weil er nicht ihr Typ war. Aber ihr Vater könnte das anders wahrgenommen haben.«

»Und der wusste davon?«

»Sie glaubt, dass ihr Vater sie im Blick hat.«

»Das ist immerhin möglich. Gibt es Ex-Freunde von ihr, die wir befragen können, ob er das schon früher gemacht hat?«

»Ja, ich habe sie nochmal deswegen gefragt, sie hat mir zwei Namen genannt. Überprüft das mal.«

»Wir kümmern uns drum. Wie war dein Eindruck von ihr?«, fragte Wiebke.

»Ich weiß nicht so recht. Sie schien sehr zögerlich, aber vielleicht kann sie sich das bei ihrem Vater wirklich nicht vorstellen. Das Ganze ist mir zu undurchsichtig, um mir ein Urteil zu bilden.«

»Du hast recht. Bis dann.«

Wiebke beendete den Anruf, nachdem sie sich von ihrem Kollegen verabschiedet hatten.

»In Ermangelung an Alternativen würde ich sagen: Wir finden heraus, wo die beiden Herren wohnen, und sprechen mal mit ihnen. Wenn Hanno Onken schon früher gegen die Freunde seiner Tochter vorgegangen ist, wäre das im Zusammenhang mit dem fehlenden Alibi sehr verdächtig.«

»Ja, außerdem hat Sarah Hinnen ja auch gelogen«, meinte Evert.

»Stimmt, dass sie mal mit Herrn Renken ausgegangen ist, hat sie zumindest weggelassen. Das ist auch seltsam. Vielleicht war sie aber auch wirklich durcheinander.«

»Ja, oder es bedeutet doch etwas«, ließ Evert nicht locker.

»Leider kommt es vor, dass Zeugen sich irren und Dinge vergessen. Wenn sie die Information bewusst weggelassen hat, was heißt das dann? Ich würde vorschlagen, jetzt erstmal herauszufinden, wie Onken da drinsteckt.«

Nach einer kurzen Recherche fanden sie heraus, dass die beiden Ex-Freunde in Aurich lebten. Sie entschieden sich, beide einfach aufzusuchen.

Der erste war Ben Kremer, der wohnte im Süden der Stadt.

Sie nahmen den Dienstwagen der Fahrbereitschaft. Wiebke parkte im Ulenmoorweg und sie und Evert gingen gefolgt von Fiete vom Auto zur Haustür eines großzügigen Einfamilienhauses. Am Klingelschild war erkennbar, dass das Haus in zwei Parteien getrennt worden war. Sie klingelten bei Herrn Kremer. Es war inzwischen später Nachmittag und sie hofften, dass er zu Hause sein würde. Leider war es nicht möglich, über das Einwohnermeldeamt seine Mobilfunknummer herauszufinden, sodass sie darauf hoffen mussten, ihn zu Hause anzutreffen oder ihm eine Nachricht zu hinterlassen.

Sie hatten Glück. Der Türsummer ertönte und sie betraten den Hausflur.

Die Wohnungstür der Erdgeschosswohnung stand offen und ein Mann Ende dreißig erwartete sie dort. Er musterte die Neuankömmlinge skeptisch. »Mein Paket haben Sie nicht, oder?«

»Nein, wir sind von der Kriminalpolizei«, sagte Evert und zeigte seinen Dienstausweis, bevor er sich und Wiebke vorstellte. »Sie sind Herr Ben Kremer, richtig?«

»Bin ich.«

»Wir hätten nur ein paar kurze Fragen an Sie. Dürfen wir eben reinkommen?«

»Lieber nicht, ich bin gegen Hunde allergisch und meine Wohnung ist nicht aufgeräumt.«

»Kein Problem. Es geht um eine Ex-Partnerin von Ihnen, Frau Sarah Hinnen. Sie waren mal mit ihr in einer Beziehung, richtig?«

Er runzelte die Stirn. »Ja, Sarah und ich haben uns vor eineinhalb Jahren getrennt. Wieso interessiert das die Kripo? Ist ihr was passiert?« Er klang besorgt.

»Nein, ist es nicht. Aber wir würden gerne wissen, ob Hanno Onken, der Vater von Frau Hinnen, Sie mal unter Druck gesetzt oder Ihnen gedroht hat.«

Er biss sich auf die Unterlippe. »Weiß ich nicht mehr. Ist lange her.«

»Herr Kremer, es wäre sehr wichtig, dass Sie nachdenken und uns dann antworten.«

»Ist das vertraulich?«

»Natürlich«, sagte Evert. »Wenn es möglich ist, halten wir Ihren Namen da komplett raus. Es ist nur so, dass jemand in Frau Hinnens Umfeld gestorben ist und wir nicht wissen, ob es da eine Verbindung gibt mit anderen, früheren Männern in ihrem Leben.«

»Tja, tot bin ich nicht«, meinte Herr Kremer. »Aber wenn der Tote vorher mal freundlichen Besuch eines glatzköpfigen Schranks von einem Mann bekommen hat ... also ja. Ich habe mal einen Hanno getroffen. Er hat mir seinen Nachnamen nicht gesagt. Der kam einfach abends auf dem Nachhauseweg zu mir, schloss gleich auf und verwickelte mich in ein Gespräch. Er erklärte mir, dass er mich unpassend für Sarah empfände, und als ich sagte, dass ihn das nichts anginge, hat er mich in eine

89

Papiermülltonne gestopft, mit dem Kopf voran. War nicht leicht, da rauszuklettern.«

»Wieso haben Sie keine Anzeige erstattet?«, fragte Wiebke.

»Weil er sagte, ich soll mal bei der Schwertfischbar vorbeikommen. Jeder der Jungs da würde es zu Ende bringen, wenn ich gegen Hanno vorgehen würde. Ich habe mir die Kerle da wirklich mal angesehen. Ich habe verzichtet, danke. Sie können mich ja schlecht rund um die Uhr bewachen, oder?«

»Also beendeten Sie die Beziehung mit Frau Hinnen?«

»Ja, war besser so.«

»Empfand es Frau Hinnen auch als besser?«, fragte Evert.

»Na ja, sie fand es nicht so gut. Aber ich habe gesagt, dass wir halt nicht zusammenpassen, und sie meinte dann, Reisende solle man nicht aufhalten.«

»Wieso empfand Sie Herr Onken als unpassend für seine Tochter?«, wollte Wiebke wissen.

Ben Kremer sah einen kurzen Augenblick zu Boden. Es wirkte, als wäre er beschämt. »Nun, ich habe eine Vergangenheit. Jeder hat eine, und manche Leute versuchen, sie hinter sich zu lassen.«

»Können Sie das bitte ausführen?«

»Ich bin wegen einiger Schlägereien als Jugendlicher mehrfach in Kursen gewesen, die mir beibringen sollten, mit meinem Temperament umzugehen.«

»Und das konnten Sie in Anwesenheit von Sarah Hinnen?«

»Ja, ich will, dass das nicht falsch rüberkommt! Ich habe Sarah nie, wirklich nie etwas getan. Aber Ihr Vater wusste von meiner Vergangenheit und sagte, dass er so einen Kerl nicht in ihrer Nähe wollte. Meine Einwände führten nur dazu, dass ich in der Tonne landete. Dann war es vorbei.«

»Sie hatten seitdem keinen Kontakt mehr zu Frau Hinnen?«

»Nein, keinen.«

»Kennen Sie einen Mann namens Justus Hassebroek?«

»Mit dem war sie auch mal zusammen«, sagte er. »Sie kennt ihn über mich.«

»Führen Sie das bitte aus.«

»Justus und ich sind im Tischtennisverein, und bei einer Feier hat er sie kennengelernt. Als ich mit ihr Schluss gemacht habe, hat er sich an sie rangeschmissen. Habe gehört, dass es nur wenige Wochen gedauert hat. Justus hat nie drüber geredet. So dicke waren wir nie.«

»Haben Sie noch Kontakt zu ihm?«

»Nein, er ist nicht mehr im Verein.«

»Haben Sie vielen Dank. Melden Sie sich bitte, wenn Ihnen noch etwas einfällt«, sagte Evert und reichte ihm seine Karte. Nachdem er eine Handynummer für etwaige Rückfragen von dem Mann erfragt hatte, verabschiedeten sie sich und gingen zurück zum Auto.

Nur eine kurze Fahrt brachte sie in die Egelser Straße im Osten der Stadt. Hier sollte Justus Hassebroek wohnen.

Sie gingen zur Haustür des zweistöckigen Mehrparteienhauses neuerer Bauart und fanden den Klingelknopf, auf dem sein Name stand.

Nach zweimaligem Klingeln öffnete noch immer niemand, doch eine ältere Frau schob sich an Evert vorbei.

»Darf ich mal?«, fragte sie. »Ich will rein.«

Sie schloss sich die Tür auf. Evert betätigte nochmal die Klingel von Herrn Hassebroek.

»Der Justus ist nicht da«, sagte sie, als sie sich durch die nun offene Haustür schob. »Soll ich was ausrichten?«

»Wir würden gerne mit ihm sprechen«, sagte Evert und stellte sich und Wiebke vor.

»Ach, was will denn die Kripo vom Justus? Ist was passiert?«

»Nein, es geht nur um eine Erkundigung. Ihr Name ist?«

»Liebermann«, sagte sie. »Weil mein Mann ein ganz lieber war.«

»Wissen Sie, wann wir Herrn Hassebroek hier antreffen können?«

»Na, in drei, vier Wochen, denke ich.«

»Bitte?«

»Er ist auf so einem Urlaub in Kanada mit einem Wohnmobil. Hat er lange drauf gespart, hat er gesagt.«

»Wissen Sie, wie wir ihn erreichen könnten?«

»Nein, leider nicht. Wenn was ist, habe ich einen Schlüssel zur Wohnung.«

»Da müssen wir nicht rein. Haben Sie trotzdem vielen Dank.«

Sie verabschiedeten sich von ihr und gingen zum Auto zurück.

»Dann werden wir Herrn Hassebroek erstmal nicht fragen können«, meinte Wiebke. Sie fuhr den Wagen zurück zur Polizeiwache. »Ich denke, heute machen wir Feierabend. Ich will noch etwas an meinem Haus erledigen, und bevor wir nicht wissen, was es mit dem Schlagstock auf sich hat, sehe ich erstmal keine weitere Ermittlungsrichtung.«

»Nun, Hanno Onken ist ziemlich verdächtig, wir müssen nur herausfinden, wieso er bei seinem Alibi gelogen hat.«

»Dann wird dir Abbo aber erklären müssen, dass wir ihn für seine Falschaussage nicht wirklich belangen können. Im Zweifelsfall behauptet er, dass er sich geirrt hat. Das bringt uns kaum weiter, solange wir keine Verbindung zwischen ihm und dem Mord nachweisen können, die etwas handfester ist als das bisschen, was wir hier haben.«

Sie parkte im Innenhof der Polizeiwache. Die Sonne stand schon tief und die Schatten im Innenhof waren lang. Helles kaltes Licht wurde von Lampen im Innenhof verströmt.

»Du hast recht«, sagte Evert. »Lassen wir es für heute gut sein.«

Er befreite seinen schwarzen Labrador Retriever aus der Box im Kofferraum und kraulte Fiete zwischen den Ohren. Dann sprang der Hund aus der Box und streckte sich.

Evert verabschiedete sich von Wiebke und wünschte ihr einen guten Feierabend. Fiete lief zu ihr, sah erwartungsvoll zu ihr und ließ sich erst noch einmal über den Kopf streicheln, bevor er Evert folgte. Der hatte derweil sein Fahrrad geholt. Evert ging mit Fiete eine Runde durch die Auricher Altstadt. Sein Fahrrad musste er hier schieben. Wiebke hatte seiner Meinung nach durchaus recht, aber nur weil er nicht an seinem Schreibtisch saß, hieß das nicht, dass er sich auch geistig schon von dem Fall entfernt hatte.

Kapitel 9

Nachdenklich ging Evert mit seinem Hund in einer kleinen Schleife zum Georgswall, um sich noch einen Kaffee bei Oma Tieske zu holen.

»Moin moin, mien Jung«, grüßte ihn Oma Tieske. »Na, du willst sicher einen Becher für den Weg nach Hause, oder? So als Koffjenöös.«

»Kaffeeliebhaber trifft es ganz gut«, stimmte er ihr zu.

»Kommt sofort. Einen Moment.« Sie füllte ihm einen Becher Kaffee ein und reichte ihm den.

»Ich hab noch Schokoladentaler, das ist edle Vollmilchschokolade aus dem Südosten Javas. Der besondere Lavaboden da ist ein ganz besonderer Vorteil für den Anbau von Schokolade, sagt die Packung jedenfalls. Willst du welche?«

»Gib mir mal einen«, sagte Evert. »So lern ich ja noch was über die Welt.«

»Ja, das mit Java fand ich interessant. Meine eigene Oma sagte ja immer: Büst old as en Koh, lehrst doch noch wat dorto. Man muss nie aufhören mit dem Lernen.«

»Das ist richtig«, meinte Evert. »Aber ich muss zugeben, den Ausdruck kannte ich nicht. Was heißt denn ›Bist du auch alt wie eine Kuh‹? Wie alt ist eine Kuh?«

»Ach, mien Jung, das muss sich reimen, das muss man nicht zu sehr durchdenken. Sagte man damals halt so auf dem Dorf: Bist alt wie eine Kuh und lernst doch noch was dazu. Man lernt immer noch was dazu.« Sie musterte ihn, während er den kleinen runden Schokoladentaler auspackte und in den Mund steckte. »Habt ihr einen schweren Fall im Moment? Du schaust so verkniffen.«

Evert lächelte. »Ja, so kann man das sagen, ist ein schwerer Fall.«

»Schmeckt wenigstens der Schokotaler?«

»Schmeckt gut«, sagte Evert und nahm noch einen Schluck von seinem dampfenden Kaffeebecher. »Vor allem in der Kombination.«

»Na immerhin«, meinte Oma Tieske. »Man muss an manchen Tagen nehmen, was man kriegen kann, auch wenn es nur die kleinen Freuden sind.«

»Das ist wahr.«

Fiete knurrte, als sich ihnen ein Mann näherte.

»Lass das, Fiete«, ermahnte Evert seinen Hund. Da erkannte er den Mann, der zu ihm an den Kiosk trat.

»Moin, Oma Tieske, ich hätte gerne auch einen Kaffee, wenn du noch hast.«

»Sicher, Hanno«, sagte sie zu Hanno Onken.

»Kleine Stadt, was, Herr Kommissar?«, meinte Onken zu Evert.

»In der Tat. Sind Sie heute um die Uhrzeit nicht in Ihrer Kneipe?«

»Nee, ich muss mir auch mal die Beine vertreten und da habe ich Sie zufällig gesehen.« Er zog eine Zigarette aus seiner Jackentasche und zündete sie sich an.

»Nicht so nahe an meiner Auslage«, kam es von innen aus dem Kiosk. »Das Gemüffel bekomm ich hier tagelang nicht raus.«

»Ist gut«, sagte Hanno Onken, nahm den Kaffeebecher entgegen, den ihm die alte Frau reichte, und stellte sich einen Schritt von der Theke weg. »So besser? Der Wind weht den Rauch weg.«

»So ist besser.«

»Tja, ich wollte mich nochmal bei Ihnen erkundigen, wie Ihre Ermittlung so vorangeht«, meinte Onken und sah zu Evert.

»Gut, wir haben eine Reihe von Spuren, die wir verfolgen.«

»Gibt es eine Gefahr für meine Tochter?«

»Das können wir zum jetzigen Zeitpunkt nicht sagen. Aber wir glauben, erstmal nicht.«

»Sind Sie da sicher? Als Vater bin ich vielleicht etwas hartnäckiger bei dem Thema, als Ihnen lieb ist. Aber Sie müssen das verstehen. Die Kleine ist nun mal mein Fleisch und Blut.«

»Ihr Kontakt soll ja nicht mehr sehr innig sein.«

Hanno Onken setzte zu einer Erwiderung an, seufzte dann aber nur. »Jo, das kann man so sagen. Ist alles die Schuld ihrer Mutter. Hat der Kleinen immer nur Unfug über mich in den Kopf gesetzt. Ich weiß noch, als Sarah so groß war, dass ich sie mit einer Hand halten konnte.« Er hob wie zur Bestätigung seine rechte Hand. »Sehen Sie, ein Mann hat vor allem die Verpflichtung, für die Seinen zu sorgen, egal, ob es die Jungs sind, mit denen man zusammenarbeitet und von denen vielleicht der eine oder andere mal Schwierigkeiten mit dem Gesetz hat, oder aber ein Leben, das man in die Welt gesetzt hat. Auch wenn Sarah nichts mehr mit mir zu tun haben will, endete ja nicht meine Verpflichtung für sie.«

»Das verstehe ich. Doch ich kann trotzdem nichts über unsere Ermittlung sagen. Ihrer Tochter droht aber keine Gefahr.«

Hanno Onken trank einen Schluck von seinem Kaffee. »Das freut mich«, sagte er schließlich. Sie standen eine Weile schweigend nebeneinander. Fiete strich um Everts Beine herum und beäugte Hanno Onken kritisch.

»Sie haben sich übrigens geirrt«, sagte Evert. »Sie waren ab siebzehn Uhr gestern nicht die ganze Zeit in Ihrer Bar.«

»Ach? Ja, stimmt. Ich war mal weg für ein Stündchen.«

»Eher für zwei, soweit wir wissen.«

»Ist auch möglich. Ich habe Besorgungen gemacht, privater Natur. Wollen Sie mir jetzt eine Falschaussage vorwerfen?«

»Nein, ich spreche nur die Fakten an.«

»Ja, Fakt ist, ich bin mal aus der Bar verschwunden für vielleicht zwei Stunden. Zufrieden?«

»Erstmal. Aber was haben Sie konkret gemacht?«

»Sie wollen für alles Belege … passen Sie bloß auf. Das verändert Sie und Ihr Denken. Irgendwann sind Sie auch privat so kleinkariert.«

Evert lächelte und nahm einen Schluck von seinem Kaffee. »Ich befürchte, ich war schon vorher jemand, der es genau wissen wollte.«

»Ja, gewisse Vorbelastungen führen immer zu gewissen Karrieren«, meinte Hanno Onken.

»Und, wo waren Sie in der fraglichen Zeit?«

»Ich bin zu einem Lager gefahren, ist ein Schuppen in Sandhorst. Da habe ich Schnaps gelagert und ein paar andere Sachen. Und bevor Sie fragen: Nein, das Gesundheitsamt hat andere Vorstellungen von korrekter Lagerung. Ist auch nur übergangsweise, weil ein Kellerraum in der Bar zu feucht ist. Da kommt Wasser durch die Wand und die Flaschen mussten irgendwo anders hin. Ist nur übergangsweise.«

»Aber gesehen hat Sie niemand?«

»Nein, niemand.«

»Kennen Sie diesen Mann?«, fragte Evert und zog sein Diensthandy. Er rief ein Bild des Mannes auf, der mit Frau Eppmanns Zugangscode auf den Parkplatz des Hotels gefahren war.

Hanno Onken nahm einen letzten Zug von seiner Zigarette und warf sie auf den Boden. Dann trat er sie aus, nahm mit der nun freien Hand das Handy entgegen und sah auf den Bildschirm. Er kniff die Augen zusammen.

»Nee, sieht nach niemandem aus, den ich kenne. Sollte ich?«

»Nein, nicht zwingend.«

»Tja, den Kerl kenne ich nicht.«

Er reichte Evert das Telefon zurück und trank den letzten Schluck aus seinem Kaffeebecher.

Dann stellte er ihn bei Oma Tieske auf die Theke.

»So, ich muss zurück«, sagte Herr Onken. »Wünsche einen schönen Abend, Oma Tieske.«

»Dir auch, Hanno, stell keine krummen Dinger an.«

»Nicht mehr als sonst.«

»Hast du nicht was vergessen?«, fragte Oma Tieske.

»Was denn?«

»Die Kippe, lass die da bitte nicht liegen. Da ist doch auch ein Mülleimer und nicht nur zur Zierde.«

Onken grinste. Er hob die Kippe auf und warf sie in den Müll. Dann wandte er sich an Evert und sagte etwas leiser: »Wenn ich mitbekommen sollte, dass meiner Tochter eine Gefahr droht, werde ich Himmel und Hölle in Bewegung setzen, um sie zu schützen. Das macht ein richtiger Mann so. Klar?«

Evert war sich nicht sicher, ob es eine Drohung sein sollte, und sagte lediglich: »Auch Ihnen einen schönen Abend noch.«

Hanno Onken grunzte etwas Unverständliches und verschwand in die Nacht.

Evert sah ihm einen Moment nach.

»Ich habe den Hanno ja ewig nicht gesehen«, meinte Oma Tieske. »Ist sicher acht Jahre her. Ist etwas wohl im Gesicht.«

»Bitte?«, sagte Evert, der aus seinen Gedanken aufgeschreckt worden war.

»Na, im Gesicht, er hat etwas zugenommen. Ist immer ein kräftiger Mann gewesen, aber zu viel Bier schlägt sich auf die Wangen. Musst du mal drauf achten.«

»Werd ich«, sagte Evert und trank den letzten Schluck aus seinem Kaffeebecher. »Aber mit Bier habe ich es eh nicht so.«

»Ja, das ist bei euch jungen Leuten ja so. Das wechselt auch immer wieder. Eure Kinder werden dann wieder ein Feierabendbier trinken«, meinte Oma Tieske. »Was wollte der Hanno denn eigentlich? Er klang ja so, als wollte er dir drohen. Ermittelt ihr gegen ihn?«

»Nicht konkret.«

»Na ja, er hat ja immer wieder so einiges verbrochen.«

»Kennst du ihn gut?«

»Nein, nur flüchtig. Die letzten Jahre habe ich ihn ja auch gar nicht gesehen. Aber bei mir sind alle gleich: Egal, was die Vorgeschichte ist, ich bediene alle, solange sie sich benehmen können.«

»So ist es ja auch nur fair.«

»Genau.«

»Aber er steckt irgendwie in eurem neuen Fall mit drin«, schloss Oma Tieske und wollte offenbar nicht so einfach aufgeben.

Evert seufzte. »Ja«, bestätigte er. »Seine Tochter hat damit zu tun.«

»Das habe ich auch begriffen, so leise redet er ja nicht, dass ich das nicht mehr mitbekomme.«

Evert lächelte, trank den letzten Schluck aus seinem Kaffeebecher und stellte ihn Oma Tieske auf die Theke.

»Ich kann es dir nicht genauer erklären, weil ich selbst nicht genug weiß. Irgendwie steckt er da drin und wir werden herausfinden, wie.«

»Gehst du jetzt wieder zur Arbeit?«

»Nein, ich mach noch eine Runde mit Fiete und geh nach Hause.«

97

»Das ist gut, man sollte nicht zu wenig schlafen, auch wenn einen Probleme beschäftigen.«

Evert nickte. Er nahm nicht an, dass er gut würde einschlafen können, solange der Fall noch nicht abgeschlossen war. Er bezahlte den Kaffee und die Süßigkeit, bevor er sich von Oma Tieske verabschiedete. Dann schwang er sich auf sein Fahrrad und fuhr los. Er bog am Ende des Georgswalls in die Hafenstraße ein, als er über seinen Lenker flog!

Evert krachte mit der Schulter auf den Grünstreifen neben dem Weg und überschlug sich schmerzhaft. Er kam mühsam auf die Beine und sah im Abendlicht der Laterne, was ihn umgehauen hatte: Ein feines Drahtseil war zwischen zwei Bäumen gespannt worden!

In diesem Augenblick sah er eine Bewegung am linken Rand seines Sichtfeldes. Evert riss reflexartig seinen Arm hoch und spürte schmerzhaft, dass er einen Schlag mit einem harten Gegenstand abgefangen hatte. Fiete bellte und knurrte in diesem Augenblick.

Evert schaffte es noch, »Fiete, fass!« über die Lippen zu bringen, als ein Mann laut fluchte. Die Männerstimme knurrte etwas, während der Hund bellte. Benommen sah Evert, wie ein Mann nach Fiete schlug. Der Hund hatte sich in den Unterarm des Mannes verbissen. Der Mann hatte in der freien Hand einen dunklen Schlagstock, mit dem er nun mehrfach auf Fiete einprügelte.

Evert wollte nach seiner Dienstwaffe greifen. Fiete ließ heulend den Arm los, fiel zu Boden und der Mann sah Evert an. Der Fremde hatte einen Kapuzenpulli an und einen Schal vor den Mund gebunden, doch beides war verrutscht, sodass man sein Gesicht im fahlen Licht der Laterne einigermaßen erkennen konnte.

Er schlug noch einmal nach Evert, der seine Hand von der Waffe lassen musste, um den Schlag mit seinen beiden Ellbogen abzublocken. Diese Sekunde nutzte der Angreifer und rannte zu einem Baum, sprang auf ein Fahrrad und fuhr los. Das Tempo, das er vorlegte, ließ Evert sofort an ein E-Bike denken. Schon war er um die nächste Straßenecke verschwunden.

Evert atmete schwer, ging auf die Knie und sah sich Fiete an.

»Geht's dir gut?«, murmelte er und strich dem Hund über die Flanke. Der Hund wollte aufstehen, doch Evert wies ihn an: »Liegen bleiben. Platz!« Er wollte erst kontrollieren, ob der Hund ernsthaft verletzt war, bevor er ihn herumlaufen ließ.

Er fuhr mit der Hand durch das weiche schwarze Fell des Labrador Retrievers. Fiete wimmerte, als er sich einer Stelle mit der Hand näherte, an der er etwas Feuchtes fühlte. Evert hob die Hand und sah Blut an seinem Finger.

»Schon gut«, sagte er zu Fiete. »Das kriegen wir alles wieder hin.«

Er bemerkte, wie jemand mit dem Fahrrad auf sie zufuhr. »Stopp«, rief er. »Sofort stoppen!«

Der ältere Mann auf dem Fahrrad runzelte die Stirn und ließ sein Rad ausrollen, bis er ungefähr auf Höhe von Evert war.

»Wat soll der Ton denn bitte?«

»Da ist ein Seil gespannt«, sagte Evert und zeigte in die entsprechende Richtung. »Für Freundlichkeiten war nicht so viel Zeit. Ich wollte verhindern, dass Sie sich verletzen.«

Der Mann ging an Evert vorbei und sah sich das Seil an. Er ließ es mit seinem Finger einmal surren, als er es wie die Saite einer Gitarre anschlug.

»Dat is ja aus Stahl. Wer macht denn sowas! Da muss man ja die Polizei rufen.«

»Die ist schon da«, sagte Evert und zog seinen Dienstausweis. »Aber könnten Sie kurz darauf achten, dass hier niemand fällt? Ich muss ein paar Anrufe tätigen. Bitte berühren Sie das Seil nicht, da werden gegebenenfalls noch Spuren genommen.«

»Klar, mach ich.«

Evert strich weiter über Fietes Kopf. Die Wunde war an seiner Schulter und er wollte nicht, dass der Hund jetzt aufstand. Mit einer Hand holte Evert sein Telefon aus der Mantelinnentasche und wählte die Nummer von Wiebke. Die ging aber nicht dran. Evert nahm an, dass sie auf dem Weg nach Hause war. Also wählte er die Nummer von Klaas.

»Moin moin, Herr Doktor«, kam es fröhlich zurück.

»Moin, Klaas. Bist du im Nachtwächter?«

»Bin ich, wieso?«

»Ich brauche mal eben eine Tatortsicherung und jemanden, der mich wohin fährt.«

»Was ist passiert?«

»Ich wurde angegriffen, Fiete ist verletzt und ich will weder lange damit warten, den Hund zu einem Tierarzt zu bringen, noch hier alles allein lassen wegen etwaiger Spuren.«

»Bin gleich da. Wo bist du?«

Evert beschrieb ihm seine genaue Position. Klaas legte anschlie-ßend auf.

Evert nutzte sein Mobiltelefon, um herauszufinden, welche Tierarztpraxis Notdienst hatte. Er hatte Glück, sie war nicht weit entfernt.

Es dauerte nicht lange, bis Klaas mit dem Auto zu ihm gefahren war.

»Sie sind wirklich von der Polizei?«, fragte der ältere Mann, als Klaas mit dem Wagen neben ihm hielt, nicht weit vom Metallseil.

Klaas stieg aus, er trug noch immer seine Dienstuniform.

»Na, dann dürfen Sie da ja parken. Brauchen Sie mich noch?«

»Kommt drauf an«, sagte Evert. »Haben Sie was gesehen? Da kam Ihnen ein Mann auf einem E-Bike entgegen. Kapuzenpulli, hatte es ziemlich eilig.«

»Nein, tut mir leid, ist mir nicht aufgefallen.«

»Okay, haben Sie vielen Dank.«

Der Mann verabschiedete sich, während Klaas zu Evert kam.

»Was ist passiert?«

Evert erklärte ihm knapp, was geschehen war.

»Bist du verletzt?«, wollte Klaas abschließend wissen.

»Keine Ahnung, meine Arme tun ordentlich weh, aber ich kann alles bewegen und hoffe, dass nichts gebrochen ist. Hilfst du mir, den Hund auf die Rückbank zu setzen? Ich würde mir kurz deinen Wagen ausleihen und zwei Straßen weiter fahren. Da ist die Tierarztpraxis, die Notdienst hat.«

»Gut, ich seh mir das Seil mal an, schaue, ob es verwertbare Spuren gibt, und packe dann alles ein. Du holst mich hier gleich wieder ab?«

»Mache ich«, bestätigte Evert.

Er fuhr das kurze Stück zur Praxis von Frau Dr. Noodsaak, holte den Hund von der Rückbank und brachte ihn in die Praxis. Er war schon früher einmal in einem anderen Notfall bei ihr gewesen.

Es dauerte nicht lange, bis er dran war und Frau Dr. Noodsaak Fiete untersuchte.

»Also«, sagte die Ärztin. »Die Verletzung ist oberflächlich, aber umständlich zu reinigen. Ich muss etwas Fell abschneiden, die Wunde reinigen und dann einen Verband anlegen, der nicht gleich wieder entfernt werden kann. Das dauert einen Moment. Aber der Hund muss unter Beobachtung bleiben. Sie sehen auch nicht gut aus. Wollen Sie in der Zeit nicht mal einen Arzt aufsuchen, der auf Zweibeiner spezialisiert ist?«

Evert nickte. »Mache ich gleich«, sagte er. »Muss Fiete dann die Nacht über bei Ihnen bleiben?«

»Sollte er, ja. Ich würde ihn gerne im Blick haben. Ich rufe Sie morgen an, wenn es ihm besser geht.«

Evert streichelte Fiete.

»Sie können ihn guten Gewissens hierlassen«, sagte Frau Dr. Noodsaak.

Evert nickte. Er wollte gerne bei Fiete bleiben, aber erstmal musste er zu Klaas und das weitere Vorgehen besprechen. Seine Pflicht konnte er nicht einfach liegen lassen und seinem Hund konnte er jetzt eh nicht helfen.

Er strich Fiete noch einmal über das Fell und verabschiedete sich dann von der Ärztin, bevor er zum Auto zurückging.

Er fuhr zurück zu Klaas.

Der wartete schon mit dem aufgerollten Seil in der Hand auf ihn. Er packte das in eine Mülltüte eingetütete Seil in den Kofferraum des Wagens, während Evert ausstieg.

»War schneller nix anderes zu besorgen«, meinte Klaas und deutete auf die Mülltüte. »Wie geht's dem Vierbeiner?«

»Er wird es überleben und bleibt die Nacht über bei der Tierärztin. Die Verletzung ist nur oberflächlich.«

»Im wahrsten Sinne also ein dickes Fell«, meinte Klaas. »Das hilft einem immer.«

»So sieht es aus. Hast du Spuren sichern können?«

»Am Seil sind vermutlich keine Fingerabdrücke. Ich habe Zigarettenkippen gefunden, bin mir aber nicht sicher, ob sie mit dem Täter zusammenhängen oder nur so hier abgeworfen wurden. Ich habe sie dennoch eingetütet. Konntest du den Täter erkennen?«

»Er sah aus wie der Mann vom Überwachungsvideo.«

»Der, der mit Frau Eppmanns Code auf den Parkplatz der Schafhütte gefahren ist?«

Evert nickte.

»Sehen wir mal, ob die Kollegen ihn ausfindig machen. Wie geht es dir?«

»Mir geht's gut.«

»Sicher?«

»Ja, ich fahre jetzt nach Hause«, sagte Evert und hob sein von Klaas an einen Baum gelehntes Fahrrad. »Den Papierkram mache ich morgen.« Er besah sich sein Vorderrad. »Na gut, fahren werd ich wohl nicht«, fügte er hinzu.

»Soll ich dich nach Hause bringen? Das Rad kriegen wir mit heruntergeklappter Rückbank sicher mit.«

»Gern.«

»Bist du sicher, dass du nach Hause willst?«

»Wenn der Kerl gewusst hätte, wo ich wohne, hätte er mir da aufgelauert. Ich wohne im ersten Stock, die Tür des Hauses ist robust. Ich mache mir keine Sorgen«, sagte Evert.

»Na gut«, gab Klaas zurück. »Dann sehen wir mal zu, wie wir das Fahrrad mitbekommen.«

Kapitel 10

Am nächsten Morgen ging Evert zuallererst bei der Praxis von Frau Dr. Noodsaak vorbei. Dort erwartete ihn bereits der freudig wedelnde Fiete. Als Evert die Praxis betrat, lag er hinter der Empfangstheke und ließ sich ausgiebig von der Sprechstundenhilfe den Bauch kraulen.

Die Frau hob den Kopf unter der Theke hervor, als sie das Klingeln des Türsummers hörte.

»Moin, Sie sind Herr Brookmer, oder?«

»Genau, und ich würde gerne diesen Labrador Retriever mitnehmen, wenn er denn will.«

»Na, ich weiß ja nicht«, meinte die Frau. Fiete war auf die Beine gekommen. Er trug einen dicken Verband an seinem Hals. Er kam freudig wedelnd auf Evert zugehumpelt.

»Was ist mit seinem Bein?«

»Frau Doktor sagte, da sei ein ungünstiger blauer Fleck am Gelenk. Das geht von allein weg. Die Wunde ist gereinigt und Sie sollen morgen nochmal wiederkommen. Dann will sie unter den Verband schauen.«

»Ist gut, ich komme vorbei.« Er beugte sich zu Fiete und kraulte ihn am Kopf. Der Hund schmuste sich an sein Herrchen und brummte dabei wohlig.

»Hab dich auch vermisst«, flüsterte Evert, bevor er den Hund an die Leine nahm und bei der Sprechstundenhilfe bezahlte. Anschließend verabschiedete er sich und ging.

Es war nur eine kurze Strecke zur Polizeiwache, die allerdings etwas länger dauerte, da Fietes neues Lauftempo geringer war als sein bisheriges.

Evert störte das nicht. Durch die blauen Flecken, die er vom gestrigen Abend davongetragen hatte, war ihm ein gemütlicheres Tempo sowieso lieber.

Als sie beide im Großraumbüro der Kriminalpolizei ankamen, saß Wiebke schon an ihrem Schreibtisch. »Wie geht's dir?«, fragte sie.

Sie hatte ihn am vorherigen Abend noch zurückgerufen und von ihm kurz beschrieben bekommen, was geschehen war.

»Mir geht's gut, ich habe nur schlecht geschlafen. Erstens war es zu still in der Wohnung ohne ihn und zweitens ging mir der Fall nicht aus dem Kopf.«

»Verstehe ich. Und wie geht es Fiete?«

»Der hat Glück gehabt, das wird alles wieder. Hast du schon was herausgefunden, was uns weiterbringt?«

»Also, das Labor hat angerufen wegen des Schlagstocks. Der ist leider eine Sackgasse.«

»Keine DNS-Spuren darauf?«

»Doch, aber lediglich von unserem Opfer. Wir können damit bestätigen, dass es sich um die Tatwaffe handelt. Dr. Elias wird sich das auch nochmal ansehen, aber das ist jetzt nur noch formhalber. Aber der Täter hat nichts darauf hinterlassen. Auf dem Kaugummi, das Klaas mitgebracht hat, gibt es DNS-Spuren.«

»Ohne Vergleich nützen uns die nichts.«

»Nein. Ich habe angefangen, die alte Gästeliste von Herrn Wiard abzuarbeiten. Irgendjemand hat womöglich vor Wochen oder Monaten dort übernachtet und so den Zugangscode bekommen.«

»Ich denke, er hat ihn von Frau Eppmann. Wie hoch ist die Wahrscheinlichkeit, dass der Täter selbst vorher Gast dort war und dann Monate später auf Opfersuche dorthin fährt, um einen Mann umzubringen?«

Evert setzte sich auf seinen Schreibtischstuhl. Er hatte eine ganze Menge blaue Flecken am Körper und manche Bewegungen taten ihm weh.

»Also gut, geh du weiter die Liste von den Hotelgästen durch, ich will mir nochmal den Laptop von Herrn Renken ansehen«, meinte Evert. »Vielleicht findet sich ja doch noch eine Verbindung zu Frau Eppmann, die uns entgangen ist.«

Sie arbeiteten eine Weile schweigend vor sich hin, als Everts Telefon ihn aus seinen Gedanken riss. Er nahm den Anruf entgegen.

»Moin, Brookmer, Kriminalpolizei Aurich.«

»Moin, Sie sprechen mit Fynn Alex vom Erkennungsdienst. Sie haben mir gemailt, richtig?«

»Ja, das stimmt. Konnten Sie herausfinden, wer der Mann auf dem Video ist? Taucht er in einer Datenbank auf?«

»Das tut er, hat nur etwas gedauert. Sie wissen ja, wie das ist, der Tisch biegt sich unter Papierkram, und das, obwohl wir ja schon alle seit Jahrzehnten papierlos sein wollen.«

»Um wen handelt es sich?«

»Der Verdächtige auf dem Parkplatz ist Sebastian Taiber, saß mehrfach wegen Raubüberfalls und schweren Diebstahls. Ich habe Ihnen die Akte in diesem Moment zugeschickt. Wohnt laut Akte in Ostfriesland, allerdings hatte er das letzte Mal vor einem halben Jahr einen Termin mit seinem Bewährungshelfer. Der nächste Termin ist erst in sechs Wochen. Die Kontaktdaten des Bewährungshelfers liegen ebenfalls bei.«

»Haben Sie vielen Dank.«

Evert beendete das Gespräch und erklärte Wiebke, was er erfahren hatte.

»Dann sprechen wir doch mal mit ihm.«

Auf dem Weg nach draußen trafen sie Klaas. Sie erklärten ihm, was sie vorhatten.

»Ja, klasse, ich darf mich also durch die alten Gäste der Schafhütte arbeiten?«, meinte er.

»Oder du schaust dir nochmal den Laptop von Herrn Renken an«, meinte Wiebke. »Du weißt, unsere Arbeit ist zu neunzig Prozent Fleißarbeit.«

»Ja, so ist das wohl. Also gut, viel Glück. Wenn ihr denkt, ihr braucht Unterstützung, fordert die auch umgehend an.«

»Wir wissen noch nicht, wie Herr Taiber in all dem drinsteckt«, erinnerte ihn Wiebke.

Sie verabschiedeten sich und machten sich auf den Weg.

Sebastian Taiber wohnte in Schwittersum im Süden Dornums in der Mariannenstraße. Die Fahrt dorthin dauerte etwas mehr als eine halbe Stunde. Schließlich bogen sie in eine Straße am Rand der Ortschaft ein. In einer Kurve stand ein ehemaliges Bauernhaus, das zu einem Mehrparteienwohnhaus umgebaut worden war. Wer hier wohnte, besaß einen Ausblick auf weite grüne Felder. Irgendwo in den Wiesen musste auch das Dornumersieler Tief liegen.

Sie stiegen aus dem Wagen und nachdem Evert seinen Hund aus dem Kofferraum gelassen hatte, folgte er Wiebke zur Haustür. Fiete humpelte langsam neben ihm her.

Evert und Wiebke sahen auf das Klingelschild.

»Bist du sicher, dass wir richtig sind?«, fragte Wiebke.

»So steht's in seiner Akte.«

»Na klasse«, murmelte Wiebke und betätigte einfach die erste Klingel auf dem Schild. Es gab sechs Namen, doch auf keinem der Schilder stand Sebastian Taiber. Sie probierten die Klingeln durch, bis endlich der Türsummer ertönte.

Sie traten in einen kleinen Eingangsraum. Früher war dies sicherlich eine ausgedehnte Diele gewesen. Jetzt gingen von hier aus Türen und eine Treppe zu den Wohnungen.

Eine Wohnungstür im unteren Stockwerk war offen. Ein resoluter kleiner Mann mit dickem Bauch und hängenden Wangen stand in Hausschuhen dort. Die Schuhe hatten kleine Löcher, sodass man seine Zehen sehen konnte.

»Ja?«

»Moin, Kripo Aurich«, begann Evert sich und Wiebke vorzustellen. Er zückte seinen Dienstausweis und erklärte dem Mann, warum sie da waren.

»Nee, der Taiber wohnt hier nicht mehr.«

»Seit wann nicht?«

»Er ist vor einem, nein zwei Monaten weggezogen.«

»Wohin?«

»Weiß ich doch nicht.« Der Mann zuckte die breiten Schultern und schnaufte dabei, als läge das Gewicht der Welt auf ihnen. »Bin ja nicht sein Betreuer, oder? Oder wie sagt man das heute? Sein Helferlein in Gesundheitsfragen?« Er lächelte schwach.

»Herr Apeldoorn«, sagte Evert. Den Namen des Mannes hatte er auf dem Klingelschild neben der Tür gesehen, vorgestellt hatte sich ihnen der Mann nicht. »Es ist sehr wichtig, dass wir mit Herrn Taiber sprechen. Er ist möglicherweise ein wichtiger Zeuge. Fällt Ihnen niemand ein, der ihn kennt oder durch den wir erfahren könnten, wo er wohnt?«

Herr Apeldoorn seufzte erneut und kratzte sich am unrasierten Kinn. Der Jogginganzug, den er trug, saß etwas zu weit, als hätte er in letzter Zeit sehr abgenommen.

»Ja nu, der Taiber wohnte hier ja nur gut zwei Jahre. Da redet man nicht so viel miteinander. Da bin ich schon Norddeutscher, wie man das Klischee gern beschreibt: Viel reden tut man nicht auf dem Flur. Sind vermutlich seit Monaten die meisten Worte, die in diesem Hausflur gesprochen wurden.«

»Gut, wäre es Ihnen möglich, uns die Adresse und noch besser die Telefonnummer Ihres Vermieters oder der Vermieterin zu geben? Wir könnten ja vielleicht über sie erfahren, wohin Herr Taiber verzogen ist.«

»Kann ich machen, aber ist das rechtlich so in Ordnung? Ich meine, wenn ich das ohne Einverständnis herausgebe.«

»In diesem Fall ist das vollkommen in Ordnung«, versicherte Evert ihm. »Bitte, es ist wichtig.«

»Na gut.«

Er seufzte nochmal und verschwand in der Wohnung. Seine schlurfenden Schritte waren einen Moment lang zu hören, dann knallte eine Schranktür und nach einigen weiteren schlurfenden Schritten war Herr Apeldoorn wieder da. Er diktierte ihnen die Nummer des Vermieters. Sie bedankten sich und gingen zum Auto zurück.

Evert rief direkt beim Vermieter an. Das Gespräch dauerte allerdings nicht lange: Er hatte keine Ahnung, wohin Herr Taiber gezogen war. Nach Beendigung des Mietverhältnisses vor zwei Monaten waren sie getrennte Wege gegangen. Herr Taiber hatte zwar sehr kurzfristig, aber korrekt seine Wohnung gekündigt, und sie hatten die üblichen Fristen verkürzt, da sich im Bekanntenkreis des Vermieters sehr schnell ein neuer Mieter gefunden hatte.

Nachdem Evert das Telefonat beendet hatte, lehnte er sich im Autositz zurück.

»Das ist eine Sackgasse«, meinte Wiebke.

Evert nickte. »Eindeutig«, murmelte er. Er schwieg eine Weile. »Lass uns nochmal zu Frau Huckelswaan fahren.«

»Wieso?«

»Na ja, sie wohnt bei Bajo Renken in der Nähe und ist eindeutig sehr neugierig. Ich will ihr die Personen zeigen, die mit unserem Fall zu tun haben. Vielleicht weiß sie doch noch etwas, das uns weiterbringen kann.«

»Du greifst nach Strohhalmen.«

»Ein wenig, aber was sollen wir tun? Herrn Taiber zur Fahndung ausschreiben?«

»Das könnten wir machen, wenn uns das Einwohnermeldeamt nicht weiterbringt.«

»Ja, und bis die uns antworten, würde ich gerne auch die etwas verzweifelten Wege einschlagen.«

»Wir könnten nochmal mit Frau Eppmann reden.«

»Stimmt, einen Moment«, sagte Evert. Er rief sie direkt an. Nach mehrmaligem Klingeln nahm sie den Anruf entgegen. Kurz darauf war das Telefonat auch schon beendet.

»Sie sagt, sie weiß nicht, wer Herr Taiber ist. Ich glaube ihr das nicht so vorbehaltlos, aber wie sollen wir das beweisen?«

»Okay, ja. Wenn Frau Huckelswaan uns helfen kann, eine Verbindung zwischen Herrn Taiber und Bajo Renken zu finden, würde uns das weiterbringen.« Sie startete den Wagen. »Probieren wir es.«

Sie fuhren wieder zurück in Richtung Aurich, um nach Westerende-Kirchloog zu gelangen. Dort parkten sie in der Einfahrt von Bajo Renken und gingen dann zum Nachbarhaus, in dem Doreen Huckelswaan wohnte.

Bevor sie die Klingel betätigen konnten, öffnete ihnen die Frau schon. »Ja, guten Tag, die Herren Kommissare«, sagte sie. »Ich habe von oben mitbekommen, dass Sie wieder da sind.« Sie nestelte an der Kette, mit der sie ihre Brille um den Hals gebunden hatte. Sie setzte sie auf und musterte Wiebke. Offenbar bemerkte sie ihren Irrtum, entschied sich aber, ihn zu übergehen, und fragte stattdessen: »Was kann ich denn heute für Sie beide tun?«

»Sie sagten letztes Mal, dass Sie sehr aufmerksam sind, was so in der Nachbarschaft passiert.«

»Ja, einer muss das ja machen. Sonst passiert noch was. Ich bin ja eh immer da, dann kann man ja ein Auge auf die Häuser haben, nicht wahr?«

»Sicher«, sagte Evert und zog sein Diensthandy. Er rief ein Foto von Sebastian Taiber auf. »Kennen Sie diesen Mann? War er mal bei Herrn Renken zu Besuch?«

Sie nahm das Telefon entgegen und sah sich das Bild eine Weile an. »Wie groß ist der so?«

»So groß wie ich.«

Sie runzelte die Stirn, schüttelte dann aber den Kopf. »Nein, ich glaube nicht, dass ich ihn schon mal gesehen habe. Ich hoffe, das ist nicht schlimm.«

»Natürlich nicht. Aber wo wir schon da sind, kennen Sie diese Frau?« Er rief eine Seite der Boomstark-Versicherung auf, auf der alle Mitarbeiter mit Bildern aufgelistet waren. Er zeigte ihr ein Bild von Frau Eppmann. Darunter stand auch ihr Name.

Frau Huckelswaan murmelte nachdenklich: »Eppmann ... Nein, die kenne ich nicht.«

Sie wischte dabei etwas auf dem Bildschirm herum und landete bei einem anderen Bild.

»Oh, Entschuldigung. Ich mag diese Anfassbildschirme nicht.« Sie runzelte die Stirn. Als sie Evert das Telefon zurückgeben wollte, hielt sie es fest und sah nochmal genauer hin.

»Frau Huckelswaan?«

»Die war aber mal hier. Öfter in letzter Zeit.«

Auf dem Bildschirm war ein Bild von Philippa Weerda zu sehen, wie sie in die Kamera lächelte.

»Frau Weerda war bei Herrn Renken zu Besuch?«

»Ja, einige Male. Oft sogar auch mal spät abends.« Den letzten Satz flüsterte sie beinahe.

»Sind Sie absolut sicher? Haben Sie sie mit Brille auf der Nase identifiziert?«, fragte Wiebke.

»Ja, sicher«, gab die Frau etwas entrüstet zurück. »Wenn ich die trage, sehe ich gut.«

»Wieso haben Sie uns nichts von ihr erzählt, als wir letztes Mal mit Ihnen geredet haben?«, fragte Wiebke.

»Na, Sie haben nicht gefragt, oder?« Sie machte eine wegwerfende Handbewegung. »Na, vielleicht habe ich es auch vergessen. Aber ich bin mir sicher, diese adrette junge Frau war öfter da und auch zu Uhrzeiten, die doch eher für einen Übernachtungsbesuch sprechen.«

»Verstehe. Haben Sie vielen Dank«, sagte Evert.

Sie verabschiedeten sich und gingen zurück zum Auto.

»Dann hat Frau Weerda uns deswegen erzählt, dass Frau Hinnen und unser Mordopfer das gleiche Shampoo benutzt haben«, meinte Evert, als sie wieder im Auto waren.

»Du denkst, es sollte eine falsche Fährte sein?«

»Ja, sicher, und wir sind durchaus auf die falsche Fährte eingeschlagen: Frau Hinnen und ihr Vater sind ja auch verdächtig.«

»Es kann sein, dass Frau Huckelswaan sich irrt«, warf Wiebke ein.

»Glaubst du?«

»Sie hat mich ohne Brille für einen Kerl gehalten.«

»Aber mit Brille hat sie Frau Weerda gesehen.«

»Also gut, sprechen wir doch mal mit ihr. Wenn die Veranstaltung nicht abgeblasen wurde, ist sie noch in der Schafhütte.«

»Ich glaube nicht, dass Herr Fabricius das abgeblasen hat. Er wirkt nicht wie der Typ dafür.«

»Nein, eher nicht.«

Sie fuhren zum Hotel.

An der Rezeption erfragten sie bei Herrn Wiard, wo sich die Mitarbeiter der Versicherung im Moment aufhielten, und er verwies sie auf das Restaurant des Hotels. Dort fanden sie alle bei Kaffee und Kuchen vor.

Frau Weerda saß auf der Terrasse und rauchte, während sie eine große Tasse Milchkaffee vor sich auf dem Tisch stehen hatte. Sie trug zu ihren kurzen blonden Haaren heute lange filigrane Messingohrringe.

»Moin, Frau Weerda, könnten wir nochmal kurz mit Ihnen sprechen?«

»Sicher«, sagte sie und deutete auf die beiden Plätze ihr gegenüber. »Was gibt es?«

Evert sah sich um, doch sie waren für sich allein.

»Die anderen wollen nicht draußen sitzen«, sagte sie. »Der Wind ist ihnen zu frisch, ist halt noch Frühjahr in Ostfriesland.«

»Ja, das muss man mögen«, meinte Evert.

»Oder man ist gezwungen«, erwiderte Philippa Weerda und hob, um das zu unterstreichen, die Zigarette hoch, die sie zwischen den Fingern hielt.

»Frau Weerda, haben Sie eine Beziehung zu Bajo Renken gehabt, die Sie uns verschwiegen haben?«

»Nein, wieso sollte ich?«

»Wir haben eine Zeugin, die sicher ist, dass Sie öfter bei ihm zu Besuch waren, auch über Nacht.«

»Wer behauptet denn sowas?«

»Das tut hier nichts zur Sache.«

»Doch, schon, wenn ich ungerechtfertigterweise beschuldigt werde.«

»Sie sagen also, dass Sie nie bei Herrn Renken zu Hause waren?«

»Nein, nie. Ich weiß, wo er wohnt, weil er das mal erzählt hat. Aber ich … Doch, einmal habe ich ihm ein Paket von der Arbeit gegeben, irgendwas Dringendes. Da bin ich bei ihm vorbeigefahren und habe es vor seine Haustür gelegt. Vielleicht hat mich da jemand gesehen und sich etwas geirrt?«

»Das ist möglich, aber wir müssen dem trotzdem nachgehen. Sie hatten also keine über die Arbeit hinausgehende Beziehung zu ihm?«

»Nein.«

»Gut. Kennen Sie diesen Mann?« Evert zeigte ihr ein Foto von Herrn Taiber.

Sie runzelte die Stirn, zog an ihrer Zigarette und sah sich das Bild genau an. Dann gab sie Evert das Handy zurück.

»Nein, tut mir leid. Wer ist das? Der Täter?«

»Das wissen wir nicht.«

»Tut mir leid, dass ich Ihnen da nicht helfen kann.«

»Schon in Ordnung«, sagte Evert und sie verabschiedeten sich.

Sie zeigten den anderen Mitarbeitern auch ein Bild von Herrn Taiber, doch keiner kannte ihn, ebenso wenig Herr Wiard.

Schlussendlich gaben Wiebke und Evert auf und gingen zurück zum Auto. Fiete hatte er dagelassen und neben dem Auto angebunden. Der Hund tat sich noch schwer mit dem

Herumlaufen und hatte sich genüsslich in die Sonne gelehnt. Er blinzelte verschlafen, als sie zu ihm zurückkamen.

»Das war ja nix«, meinte Evert und half seinem Hund in die Box im Kofferraum.

»Nein, nicht wirklich. Ich denke, wir müssen den Fall nochmal neu angehen«, sagte Wiebke. »Irgendwas haben wir übersehen. Die Verbindung zwischen Sebastian Taiber und Bajo Renken, das ist, denke ich, der Schlüssel.«

Sie fuhren zurück nach Aurich.

Kapitel 11

Als Evert und Wiebke das Großraumbüro der Kriminalpolizei Aurich betraten, saß Klaas Behrends an seinem Schreibtisch und hatte vor sich den Laptop von Bajo Renken geöffnet.

»Ah, da seid ihr ja«, grüßte er sie. »Was herausgefunden?«

»Nicht viel«, gab Evert zurück.

»Und du?«, fragte Wiebke. »Du schaust so zufrieden.«

Klaas lächelte in der Tat sehr selbstzufrieden, wie Evert fand.

»Koom vandag! Dann zeig ich es euch. Das glaubt ihr sonst nicht.«

Evert und Wiebke warfen sich neugierige Blicke zu und gingen zu Klaas. Sie stellten sich hinter ihn, sodass sie ihm über die Schulter sehen konnten.

»Tja, also der Laptop ist ja voller privater Informationen«, sagte er.

»Leider bisher nicht sehr ergiebig, keine Kontaktdaten von Herrn Taiber oder E-Mails oder Ähnliches, die uns verraten, ob er etwas mit Frau Eppmann hatte«, meinte Evert.

»Ach, Herr Doktor, man versteckt Dinge doch immer im Sichtfeld«, meinte Klaas selbstgefällig. Er öffnete einen Ordner, der mit »Finanzunterlagen« betitelt war. »So, mir ist was aufgefallen.«

»Und zwar?«

»Nun, der Mann ist angestellt und arbeitet seit vielen Jahren bei der Versicherung. Die Dateien, die die Steuerunterlagen betreffen, sind jedes Jahr ungefähr gleich groß. Das sind immer nur eine Handvoll Dateien. Da variiert nichts. Nur in dem Ordner von vor zehn Jahren, da ist ein Ordner mit Steuerdateien, der auffällig groß ist.«

Er öffnete den Ordner und darin wieder einen Unterordner, der lediglich mit einer kryptischen Buchstabenfolge betitelt war. Klaas öffnete die erste Datei darin. Wiebke legte etwas den Kopf schräg, weil sie die Perspektive zu irritieren schien. Auch Evert brauchte eine Sekunde. Auf dem Bildschirm öffnete sich ein Mediaplayer und zeigte eine Videoaufnahme.

»Die Kamera muss mittig unter der Decke hängen«, sagte Wiebke.

»Ich denke, im Feuermelder«, meinte Klaas.

Auf dem Bildschirm war ein Bett aus der Vogelperspektive zu sehen. Ein Mann und eine Frau fielen eng umschlungen in die Laken und begannen sich zu entkleiden.

»Herr Renken hat einfach laufen gelassen, die Aufnahme endet erst, als die Frau weg ist. Ich denke nicht, dass sie von der Kamera wusste«, sagte Klaas.

»Also hat Andrea Eppmann ein gutes Motiv«, meinte Wiebke, während auf dem Bildschirm inzwischen die nackte Andrea Eppmann und Bajo Renken zu sehen waren. »Er hat sie vielleicht erpresst, immerhin ist sie verheiratet.«

»Es wird noch besser«, sagte Klaas und beendete das Abspielen. Er wählte eine spätere Datei. Der Blickwinkel war der gleiche, doch als Klaas zu einer späteren Stelle in der Aufnahme sprang, sah man einen deutlichen Unterschied zur ersten Aufnahme.

»Das ist Frau Weerda«, stellte Evert überrascht fest.

»Laut Erstellungsdatum der Dateien liegt beides aber nur drei Tage auseinander«, erklärte Klaas.

Evert runzelte die Stirn. »Dann haben wir jetzt zwei Hauptverdächtige«, meinte er. »Ich würde sagen, wir haben zwei Lügerinnen, die uns bei den Ermittlungen mindestens behindert haben.«

Wiebke nickte. »Wir sollten zu ihnen fahren und ihnen nochmal ein paar Fragen stellen.«

*

Es dauerte keine zwei Stunden, dann waren die beiden Frauen auf der Polizeiwache. Evert und Wiebke hatten mit Abbo darüber gesprochen, und letztlich war es klüger, sie beide zur Polizeiwache Aurich zu bestellen. Immerhin war, wie Abbo betont hatte, nicht klar, inwieweit die beiden Frauen Täter oder Opfer waren.

Dann saßen Andrea Eppmann und Philippa Weerda in getrennten Vernehmungszimmern der Polizeiwache Aurich.

Wiebke und Evert betraten den kleinen Raum, in dem Frau Eppmann saß. In einer Ecke des Raums stand ein großer Metall-aktenschrank, der abgeschlossen war. Der Raum wurde vor allem von einem größeren Tisch eingenommen, um den drei Stühle gestellt worden waren.

Wiebke und Evert setzten sich Frau Eppmann entgegen. Sie hatte eine Tasse Tee vor sich und rührte gerade mit ihrem Löffel darin herum.

Evert stellte einen Laptop vor sich auf den Tisch.

»Was wird das jetzt?«, fragte Frau Eppmann.

»Sie sind in einem Befragungszimmer und werden befragt«, sagte Evert. »Und Ihnen auch erstmal ein herzliches Moin.«

»Moin, entschuldigen Sie, aber ich bin etwas gereizt. Sie haben mich einfach herzitiert, als hätte ich etwas verbrochen.«

»Das tut uns leid, aber wir haben noch Fragen an Sie.«

»Die nicht telefonisch zu klären waren?«

»Nein, leider nicht.«

»Mein Mann hat es mit dem Blutdruck, er hat sich die ganze Fahrt über Sorgen gemacht. Er wollte mich unbedingt begleiten. Wie geht es ihm?«

»Er sitzt in der Cafeteria der Polizei und genießt ein Stück Teekuchen«, sagte Wiebke.

»Gut … also, was wollen Sie wissen?«

Evert drehte den Laptop herum. Er zeigte ein Standbild einer Aufnahme von Frau Eppmann und Herrn Renken in dessen Bett.

Ihre Augen weiteten sich, als sie das sah. Dann presste sie die Lippen aufeinander. »Was … ist das?«, fragte sie, als müsste sie jedes Wort einzeln herauspressen.

»Das sind Aufnahmen, die Herr Renken mit einer versteckten Kamera von Ihnen und sich beim Sex gemacht hat. Wir haben inzwischen auch jemanden in seine Wohnung geschickt und wissen, dass die Kamera im Feuermelder ist.«

»Woher haben Sie diese Aufnahmen?«

»Sie befanden sich auf seinem Computer. Er scheint Ihr Verhält-nis umfassend dokumentiert zu haben.«

Sie schwieg einen Moment und klappte den Laptop zu. »Was wollen Sie jetzt wissen?«

»Sie haben uns angelogen«, sagte Wiebke. »Ein über Monate gehendes Verhältnis mit Herrn Renken wäre eine relevante Information gewesen.«

»Mein Mann sollte nichts davon erfahren. Das regt ihn nur auf.«

»Das mag durchaus sein, aber wir hätten es ihm nur dann erzählt, wenn es für die Ermittlungen notwendig gewesen wäre. Wieso haben Sie uns das verschwiegen?«

»Weil ich nicht dachte, dass es relevant ist.«

»Nicht relevant? Herr Renken ist tot, und Sie hatten ein geheimes Verhältnis mit ihm. Frau Eppmann, wissen Sie, wie das aussieht?«, fragte Evert skeptisch.

»Ja, jetzt, wo Sie es sagen, merke ich, wie dumm es war. Ich dachte nur … vielleicht findet es nie jemand raus. Vielleicht bleibt es mein Geheimnis und es erfährt niemand. Es hat ja nichts mit seinem Tod zu tun, also … musste es doch niemand wissen.« Sie zuckte beinahe entschuldigend die Schultern und begann dann zu weinen.

Wiebke reichte ihr ein Taschentuch.

Andrea Eppmann schnäuzte sich und weinte noch eine Weile, bis sie sich etwas beruhigte. »Bitte, ich wollte Sie nicht in die Irre führen.«

»Ungünstigerweise haben Sie das aber. Also, erklären Sie uns, was zwischen Ihnen und Herrn Renken war.«

»Bajo war so ein netter Kerl. Mein Mann … Er ist wirklich gut zu mir, aber ich brauche mehr Aufregung im Leben als er, und das konnte er nicht so recht bieten. Das mit Bajo ging letztes Jahr los und bis vor drei Monaten. Es fing ganz unverfänglich an damit, dass er mich mal zum Essen eingeladen hat. Ich weiß nicht, wie er mich ins Bett bekommen hat.«

»Sie hatten dann aber eine längere Affäre mit ihm.«

»Ja, es endete vor drei Monaten.«

»Wieso?«

»Weil ich nicht mehr wollte. Für Bajo war das in Ordnung.«

»Es gab keinen Streit oder böses Blut?«

»Nein, von mir aus nicht.«

»Wussten Sie, dass er auch zur gleichen Zeit etwas mit Ihrer Kollegin Frau Weerda hatte?«

»Bitte?«

»Die Aufnahmen haben Zeitstempel. Er hatte nicht nur mit Ihnen eine Affäre.«

»Oh ja, das kann natürlich erklären, wieso er kein Problem hatte, als ich ihm sagte, dass ich es beenden will.«

»Es gab also kein böses Blut zwischen Ihnen?«

»Nein, gar keines. Wieso fragen Sie das so oft?«

»Es gehört mit zu unserem Beruf, genau zu sein«, meinte Evert ausweichend. Er hatte nicht das Gefühl, dass die Frau die Wahrheit sagte. Er warf Wiebke einen Blick zu.

»War's das? Kann ich jetzt gehen?«

»Erstmal nicht«, sagte Evert. Er und Wiebke verließen den Raum. Den Laptop nahm er mit.

»Hast du bemerkt, dass in ihrer Erzählung sie das Opfer von Bajo Renken ist?«, meinte Evert. »Ihr Mann, Bajo Renken, alle haben mehr Anteil an dem Verhältnis als Frau Eppmann selbst.«

»So sind manche Menschen«, meinte Wiebke.

»Ich denke, sie lügt immer noch. Ich weiß nur nicht genau, worüber.«

»Das Gefühl habe ich auch. Sprechen wir mal mit Frau Weerda.«

Sie gingen zum anderen Besprechungsraum. Fiete, der auf dem Flur zwischen den beiden Räumen auf dem Boden lag, sah neugierig zu ihnen. Evert beugte sich kurz zu ihm herunter und kraulte ihn zwischen den Ohren. Fiete schnaufte einmal, drehte sich auf die Seite und sah dann seinem Herrchen zu, wie es in den anderen Raum ging.

»Moin, Frau Weerda«, sagte Evert und setzte sich mit Wiebke der Frau gegenüber. Auch ihr zeigte er auf seinem Laptop die Aufnahmen, die sie gefunden hatten.

»Haben Sie sie angesehen?«

»So weit nötig, um zu verifizieren, dass Sie es sind«, meinte Evert. »Es tut mir leid, aber das gehört dazu. Wir haben aber einige Fragen an Sie.«

»Ja?«

»Wieso haben Sie uns angelogen.«

»Habe ich das?«

»Sie haben nicht gesagt, dass Sie eine Beziehung zu Herrn Renken unterhielten.«

»Das ist ja auch zwei, drei Monate her. Dass wir uns getrennt haben, meine ich.«

»Trotzdem, wir fragten Sie nach Ihrem Verhältnis zu Herrn Renken. Das hier«, er tippte auf den inzwischen zugeklappten Laptop, »wäre erwähnenswert gewesen, oder?«

Sie zuckte mit den Schultern. »Wäre es, ja. Tut mir leid. Mir war es unangenehm.«

»Wieso?«

»Darf ich hier eine rauchen?«

»Nein, tut mir leid. Das ist hier untersagt. Wieso wäre es Ihnen unangenehm gewesen, wenn wir von Ihrer Beziehung zu Herrn Renken gewusst hätten?«

Sie verzog den Mund, als würde es ihr sichtlich schwerfallen, die Worte auszusprechen. »Tja, ich bin verlobt.«

»Und?«

»Mein Verlobter weiß nichts von meinem Ausrutscher.«

»Beginnen wir doch am Anfang: Wie kamen Sie und Herr Renken zusammen?«

»Das war vor einem Jahr oder so. Mein Verlobter und ich, wir hatten da gewisse Schwierigkeiten.«

»Welche?«

»Ich wüsste nicht, dass Sie das was angeht.«

»Es wäre hilfreich, wenn Sie uns etwas Kontext geben würden.«

»Also gut, mein Verlobter ist jetzt einer der Oberärzte im Krankenhaus in Emden. Das bedeutet sehr viel mehr Geld und auch eine Menge mehr Arbeit. So ein Landeskrankenhaus am Rande von Niedersachsen ist nicht mit einer dicken Personaldecke gesegnet und er macht viele Überstunden. Ich habe mich mal mit Kollegen getroffen, einfach um mal was zu unternehmen. Viele meiner Freundinnen sind weggezogen oder haben Kinder und deswegen keine Zeit. Und so habe ich mich mal mit Bajo getroffen und eines führte zum anderen. Er war charmant, wissen Sie?«

»Die Affäre dauerte wie lange?«

»Es war eher ein gegenseitiges Einverständnis. Ich habe ihn benutzt, weil mir langweilig war. Es ging bis vor vier Monaten. Dann war es vorbei.«

»Ihr Partner weiß nichts davon?«

»Natürlich nicht! Wir heiraten nächstes Jahr. Mit all dem Geld, das er als Oberarzt verdient, wollen wir in den Flitterwochen eine Weltreise machen! Wenn er wüsste …« Sie schüttelte den Kopf, als hätte Evert eine dumme Frage gestellt.

»Wissen Sie, dass Herr Renken ein Verhältnis parallel zu dem Ihren hatte?«

»Nein, mit wem?«

»Mit Andrea Eppmann.«

Sie hob die Augenbrauen und runzelte die Stirn. »Nein. Das wusste ich nicht.«

»Sie haben nie etwas vermutet?«

»Nein, wieso? Das Verhältnis mit Bajo war nicht so … verbindlich. Wir haben uns einige Male im Monat gesehen, wie wenn man zum Sport geht. Um nicht aus der Übung zu kommen.«

»Verstehe. Wir hätten gerne die Kontaktdaten Ihres Verlobten.«

»Wieso?«

»Weil er von Ihrer Affäre wissen könnte, und deswegen ist es wichtig zu wissen, wo er zum Tatzeitpunkt war.«

»Im Krankenhaus, wo er immer ist, im Moment. Sie können ihm nicht sagen, dass … Das dürfen Sie nicht.«

»Das werden wir auch vorerst nicht, aber sein Alibi müssen wir dennoch überprüfen.«

»Muss das wirklich sein?«

»Wir bekommen so oder so raus, wer er ist. Es wäre aber sehr hilfreich, wenn Sie uns diesmal nicht wieder bei den Ermittlungen behindern würden«, sagte Wiebke.

Philippa Weerda nickte langsam. »Also gut.«

Sie diktierte ihnen eine Telefonnummer.

Die Kommissare bedankten sich.

»Kann ich jetzt gehen? Bitte?«

»Nein, vorerst nicht«, sagte Wiebke. Sie ließen sie vorerst im Vernehmungszimmer allein.

Fiete sprang auf und lief zu ihnen.

»Wir klären erstmal das Alibi vom Lebenspartner von Frau Weerda, bevor wir weitermachen, oder?«, schlug Wiebke vor. »Immerhin könnten sowohl er als auch Herr Eppmann Herrn Renken umgebracht haben.«

»Ja, mit Herrn Eppmann sollten wir auch nochmal reden.«

Sie gingen während ihres Gesprächs zum Großraumbüro der Kriminalpolizei.

»Wir sind das alles ganz falsch angegangen«, meinte Wiebke. »Es gab eine ganze Reihe von Videoaufzeichnungen. Wenn es noch mehr Frauen gibt, die er gefilmt hat, gibt es nicht nur die alle als Verdächtige, sondern auch deren Partner.«

»Da seid ihr ja«, sagte Klaas. Er winkte sie an seinen Schreibtisch heran. »Kommt mal her.«

»Was gibt es?«, fragte Evert.

»Habt ihr herausbekommen, wer ihn umgebracht hat?«, fragte ihr Kollege, anstatt zu antworten.

»Nein, du etwa?«

»Vielleicht, Herr Doktor, vielleicht. Ich sag doch immer, die machen alle Fehler. Die Kollegen vom Technischen Dienst haben endlich die Verbindungsdaten des Handys des Toten besorgt. Über den Provider wissen wir jetzt, mit wem und wann Herr Renken telefoniert hat.«

»Und?«

»Er hat um siebzehn Uhr telefoniert, kurz vor seinem vermeintlichen Todeszeitpunkt.«

»Wissen wir, mit wem?«

»Die Nummer ist auf einer Prepaidkarte registriert, wir wissen nicht, wem sie gehört. Aber der Technische Dienst hat alles retten können, was auf dem Handy von Herrn Renken war, und dort ist die Nummer im Adressbuch eingespeichert.«

»Unter welchem Namen?«

»Philippa Weerda.«

Kapitel 12

»Er hat kurz vor seinem Tod mit Frau Weerda telefoniert?«, wiederholte Wiebke überrascht.

»Und es wird noch besser. Die Bank hat uns seine Finanzunterlagen zukommen lassen. Die sind nicht sonderlich aufregend, wenn man davon absieht, dass er seit drei Monaten deutlich weniger Geld abhob als sonst«, sagte Klaas.

»Seit er sich von den beiden Frauen getrennt hat«, murmelte Evert.

»Bitte?«

»Seit gut drei Monaten sind seine Affären offenbar vorbei. Sagen die beiden Frauen.«

»Nun, man hebt weniger Geld ab, wenn man weniger Bargeld braucht«, meinte Klaas. »Vielleicht hat er sich von ihnen bezahlen lassen.«

»Wegen der Aufnahmen«, schlussfolgerte Wiebke. »Was, wenn er sie erpresst hat?«

»Du meinst, damit ihre Partner die Aufnahmen nicht bekommen?«

»Es wäre möglich«, meinte Klaas nachdenklich.

»Fragen wir sie. Fangen wir mit Frau Weerda an. Ich habe genug von den Lügen«, sagte Wiebke. »Erst verschweigt sie uns die Affäre, dann ihren Anruf. Die Frau hat Dreck am Stecken.«

Sie und Evert gingen zurück zum Vernehmungszimmer, in dem noch immer Frau Weerda saß. Diesmal ließ Evert seinen Hund mit hincin. Sie setzten sich gegenüber von Frau Weerda.

»Wie wäre es mit der Wahrheit?«, fragte Wiebke.

»Bitte?«

»Wissen Sie, das wird langsam langweilig. Sie haben uns angelogen. Mehrmals.«

»Ich weiß nicht, was Sie meinen.«

»Frau Weerda, Sie haben kurz vor seinem Tod mit dem Mordopfer telefoniert. Worüber haben Sie gesprochen?«

Sie schaute von Wiebke zu Evert und er hatte das Gefühl, beinahe sehen zu können, wie es hinter ihrer Stirn arbeitete.

»Ich weiß nicht, was Sie meinen«, sagte sie.

Evert schüttelte den Kopf und sagte zu Wiebke: »Komm, reden wir mit Frau Eppmann. Vielleicht ist sie kommunikationsfreudiger. Es kann ja nur eine gut vor Gericht aussehen.«

»Stimmt«, sagte Wiebke.

Evert beobachtete bei seinen Worten genau das Gesicht von Philippa Weerda. Etwas schien einzurasten.

»Warten Sie«, rief sie laut aus.

»Wieso?«, gab Evert zurück.

»Ich … ich sage Ihnen alles. Es war Andreas Idee.«

»Was war ihre Idee?«

»Also, wir hatten beide was mit Bajo. Es lief bei ihr schon über ein Jahr, parallel fing er was mit mir an. Wir wussten nichts von der Affäre der anderen. Aber vor gut drei Monaten, da haben wir nach einer Firmenfeier etwas geredet. Andrea und ich haben ein paar Andeutungen gemacht und wir haben uns erzählt, dass wir was mit einem Kollegen haben. Sie können sich das Erstaunen vorstellen, als wir merkten, dass wir beide etwas mit Bajo hatten.«

»Das hat Sie sicher überrascht. Was geschah dann?«

»Wir waren … verletzt. Wir dachten, das sei unser kleines Geheimnis«, sagte sie.

»Sie dachten, Sie benutzen ihn, und haben festgestellt, dass er Sie benutzt hat«, schloss Evert.

Philippa Weerda biss sich auf die Unterlippe und nickte. »Ja, das war kein schönes Gefühl.«

»Was entschieden Sie zu tun?«

»Wir haben uns von ihm getrennt. Was sollten wir tun? Es auffliegen lassen? Wir hatten viel mehr zu verlieren als er!«

»Wie nahm er die Nachricht auf?«

»Gut, erst sehr gut. Er wusste nicht, was ich von Andrea wusste. Wir haben getrennt von ihm Schluss gemacht.«

»Was geschah dann?«

»Er rief mich an und sagte, dass es doch eine Schande wäre, wenn mein Verlobter die Peinlichkeit erdulden müsste, uns so zu sehen, und schickte mir ein Bild, das von der Aufnahme stammte, die Sie … da gezeigt haben.«

»Was wollte er?«

»Entweder bliebe unser Arrangement so, wie es war, und ich wäre ihm zu Diensten, oder er bekäme eine finanzielle Entschädigung. Eine regelmäßige Entschädigung.«

»Was entschieden Sie zu tun?«

»Ich bin keine Prostituierte, die sich einfach so ... Mein Mann hat Geld. Ich habe erstmal bezahlt, jeden Monat. Aber ich habe mit Andrea geredet. Sie hatte dasselbe Angebot von ihm bekommen.«

»Sie waren sicher beide wütend.«

»Oh ja, dieser ...« Sie ballte die Fäuste und ihre Wangen wurden rot.

»Wie passt Herr Taiber da rein?«

»Das war alles Andreas Idee«, sagte Philippa Weerda. »Sie hat ihn da reingebracht.«

»Was meinen Sie?«

»Sie kannte ihn. Wir haben überlegt, was wir tun können. Wir wollten, dass es aufhört. Ich heirate bald. Wir mieten das teuerste Hotel auf Norderney für ein ganzes Wochenende. Wenn das rausgekommen wäre ... Andrea hat gesagt, er muss sterben. Ich wollte nur, dass er eingeschüchtert wird, aber ... Wenn wir Herrn Taiber bezahlt hätten, Bajo zu verprügeln und die Fotos zu vernichten, dann wäre nur Herr Taiber in die Position gekommen, uns zu erpressen.«

»Sie haben Sebastian Taiber also für den Mord an Bajo Renken angeheuert?«

»Ja, Andrea schlug das vor.«

»Woher kannte sie ihn?«

»Er ist für einen ostfriesischen Kurierdienst tätig und überall hier unterwegs. Er hat auch für uns Pakete und so ausgeliefert. Die beiden haben sich mal unterhalten. Ich denke nicht, dass Bajo ihre erste ... Nebenbeschäftigung war. Andrea sagte, er könnte kämpfen und hätte im Knast gesessen. Er wäre problemlos für sowas zu haben, wenn der Preis stimmt. Es sei billiger, ihn einmal zu bezahlen, als ewig von Bajo erpresst zu werden.«

»Und Sie stimmten zu.«

»Ja«, presste sie hervor.

»Was geschah dann?«

»Wir vereinbarten, dass es an der Schafhütte passieren sollte. Da war leicht zu kontrollieren, wo Bajo wann ist, und wir konnten uns Alibis verschaffen. Bei Andrea hat das gut funktioniert. Ich wollte eigentlich was mit Jabbo unternehmen, der wollte aber leider etwas allein machen. Ich rief nach dem Essen Bajo an. Das Handy habe ich auch immer für unsere Treffen benutzt. Es läuft nicht auf meinen Namen. Ich sagte ihm, ich wollte bezahlen, aber es sollte keiner sehen. Also sollte er zu einer Stelle im Naturschutzgebiet kommen. Herr Taiber hat dort auf ihn gewartet und … Niemand sollte die Leiche finden.«

»Wo ist Herr Taiber jetzt?«

»Ich weiß es nicht. Aber ich kann es herausfinden.«

»Wie?«

»Ich habe seine Telefonnummer. Andrea und ich müssen ihm noch die zweite Hälfte bezahlen. Die eine Hälfte gab es vor der Tat, die andere danach. Weil die Polizei jetzt so viel Staub aufgewirbelt hat, haben wir das noch nicht geschafft. Wir wollten ein paar Tage warten, bis sich alles legt …«

»Gut, wir besprechen das erstmal«, sagte Evert. »Sie werden diesen Raum nicht verlassen, bis wir es sagen.«

Er und Wiebke gingen hinaus und winkten einen Kollegen heran. Sie baten darum, dass ein Polizist die ganze Zeit vor den beiden Türen bleiben sollte, um zu verhindern, dass die beiden Frauen versuchten zu fliehen.

Dann gingen sie direkt ins Büro ihres Vorgesetzten, Polizeirat Abbo Tichels. Dessen Bürotür stand wie immer offen. Er war im Augenblick mit einem Telefonat beschäftigt und hob den Zeigefinger, als sie hereinkamen, um ihnen zu zeigen, dass sie warten sollten. Die beiden blieben vor seinem Schreibtisch einen Moment stehen, bis Abbo schließlich auflegte.

»So, was habt ihr beide denn?«

»Moin Abbo, wir wollen eine Verhaftung durchführen«, sagte Evert und fasste ihm die neuesten Erkenntnisse zusammen.

Abbo lehnte sich in seinem Schreibtischstuhl zurück.

»Was genau habt ihr vor?«

»Wir wollen ihm eine Falle stellen«, sagte Evert und erklärte ihren Plan in groben Zügen.

*

Sie sprachen anschließend mit Philippa Weerda und sie war einverstanden. Sie bekam ihr Telefon und wurde vom Technischen Dienst verkabelt, sodass Evert und Wiebke mithören konnten. Dann rief Frau Weerda bei Herrn Taiber an. Abbo saß mit Evert und Wiebke im Vernehmungszimmer, genauso wie ein Techniker mit Laptop.

»Moin«, grüßte Sebastian Taiber, als er den Anruf entgegennahm. »Dachte mir schon, du meldest dich gar nicht mehr.«

»Die Polizei hat rumgeschnüffelt«, sagte Philippa.

»Und was weiß man so?«

»Du bist ihnen aufgefallen. Hast du einen von ihnen angegriffen? Sie haben nach dir gefragt.«

»Ja, ich wollte diesen Kerl von der Kripo einschüchtern. Sah nach einer guten Idee aus.«

»War aber keine«, sagte Philippa. »Andrea hat es dir klar gesagt: Wir denken, du machst.«

»Und, was denkt ihr jetzt? Ihr schuldet mir noch was.«

»Ja, und das bekommst du. Ich will dich heute Abend treffen. Auf dem Parkplatz. Du weißt, welchem?«

»Ja, wie letztes Mal?«

»Genau. Hör zu, ich komme da hin, gebe dir das Geld und das Ganze ist vorbei. Mach, was du willst, wir sind dann fertig.«

»Sieht das Andrea auch so?«

»Ja.«

»Wo ist sie?«

»Ihr Mann. Du weißt, dass er sie beschäftigt hält. Ich kümmere mich um die Bezahlung und dann ist alles erledigt. Sie wissen nicht, wieso … Sieh nur zu, dass du ihnen nicht auffällst.«

»Oh, keine Sorge, ich weiß, wohin ich gehe. Wann treffen wir uns?«

»In drei Stunden.«

»Bis dann.« Er legte auf.

Frau Weerda sah zu dem Mann vom Technischen Dienst. »War es gut so?«

»Ja«, sagte er. »Aber wir konnten ihn nicht schnell genug orten.«

»Also gut, dann zum Parkplatz«, sagte Abbo. »Ich habe mit dem SEK gesprochen. Die in Oldenburg stationierte Einheit hat keine Zeit, die aus Hannover braucht zu lange. Da wir nach Ihrer Aussage davon ausgehen können, dass Herr Taiber keine Schusswaffe besitzt, erledigen wir das selbst.«

Evert und Wiebke bereiteten alles vor, bis sie zusammen mit einer Reihe anderer Kollegen in Zivil nach Georgsheil losfuhren.

Der Treffpunkt, den Frau Weerda gemeint hatte, war der Pendlerparkplatz an der Emder Straße, Ecke Erster Meedeweg.

Im Meedeweg, verborgen durch die hohen Bäume, warteten zwei Wagen der Fahrbereitschaft mit Polizisten in Zivil.

Frau Weerda war verkabelt worden und hatte ein Mikrofon bekommen. Sie parkte mit ihrem eigenen Wagen auf dem Pendlerparkplatz, eine Tasche mit falschem Geld auf dem Rücksitz.

Sie warteten.

»Hören Sie mich?«, flüsterte Philippa Weerda.

Evert, der wie Wiebke und die anderen an der Aktion teilnehmenden Polizisten einen Kopfhörer im Ohr hatte, sagte über den offenen Funkkanal: »Laut und deutlich. Bitte sprechen Sie nur, wenn es nötig ist. Nicht, dass er sieht, wie Sie mit sich selbst reden.«

»Okay, okay«, sagte sie. Sie klang nervös.

»Sie kriegen das hin, Frau Weerda«, sagte er.

Ein Auto fuhr auf den Pendlerparkplatz, der durch einen dicken Grünstreifen von der Emder Straße getrennt war.

»Das ist er«, sagte sie. »Ich steige jetzt aus.«

Sie hörten, wie die Tür geöffnet wurde und sie von der Rückbank die Geldtasche hob.

»Moin«, rief sie. »Pünktlich wie immer.«

»Arbeit sollte pünktlich erledigt werden«, hörten sie eine Männerstimme.

»Okay, Zugriff«, sagte Wiebke. »Los.«

Die Polizeiwagen fuhren los, aus dem Meedeweg heraus. Drei Fahrzeuge kamen mit quietschenden Reifen und fuhren direkt über den Grünstreifen auf den Parkplatz. Eines setzte sich vor den

Wagen von Sebastian Taiber, eines dahinter und eines daneben. Da er neben dem Wagen von Frau Weerda geparkt hatte, blieb ihm nur die Flucht zu Fuß. Er begriff sofort, was Sache war, und rannte los. In diesem Moment kam zwischen den Bäumen am Parkplatz Klaas mit mehreren weiteren bewaffneten Polizisten in Zivil hervor.

»Hände hoch und keine Bewegung«, rief Klaas.

Sebastian Taiber riss die Hände hoch, ließ die Tasche mit dem Geld fallen und rief: »Nicht schießen!«

»Hände hinter den Kopf«, fuhr Klaas fort. Er näherte sich ihm. Evert und Wiebke waren inzwischen aus ihrem Wagen gestiegen, mit dem sie hinter dem Auto von Sebastian Taiber geparkt hatten. Beide hatten schusssichere Westen an und hielten ihre Dienstwaffen in den Händen.

Klaas legte Sebastian Taiber nun Handschellen an. Der Mann stöhnte.

»Na, tut Ihnen der Arm weh?«, fragte Klaas. »In letzter Zeit ungünstigen Kontakt mit einem Hund gehabt?«

»Sie können mich mal.«

»Wie Sie meinen«, sagte Klaas und führte ihn zum Polizeiauto. Evert und Wiebke steckten ihre Dienstwaffen weg. Als Klaas an ihnen vorbeiging und den Mann auf den Rücksitz des Wagens verfrachtete, sah er zu seinen Kollegen.

»Ich sag's ja immer wieder. Die machen alle Fehler.«

ENDE

Ostfrieslandkrimi-Empfehlungen
des Klarant Verlages

Kennen Sie auch schon die anderen Bände der Ostfrieslandkrimi-Serie **»Ein Fall für Brookmer und Jacobs« von Martin Windebruch?**

Zwei gebürtige Auricher Ermittler gehen mit Polizeihund Fiete in Ostfriesland auf Verbrecherjagd! Dabei sind die Kollegen des Polizeikommissariats Aurich zunächst wenig begeistert, einen Theoretiker wie Dr. Evert Brookmer in ihr Team zu bekommen. Evert hat in Kriminologie promoviert, aber von wirklicher Polizeiarbeit hat der junge nach Aurich zurückgekehrte Kommissar doch keine Ahnung – oder?
Auch die heimatverbundene Kommissarin Wiebke Jacobs, der Evert zugeteilt wird, ist skeptisch, doch sie muss zugeben, dass der Neue mehr draufhat, als sie gedacht hätte. Denn Dr. Brookmer besitzt ein untrügliches Gespür dafür, wie man mit Leuten reden muss, während die introvertierte Wiebke manchmal etwas zu lange überlegt, bevor sie etwas sagt.
So werden die beiden ostfriesischen Ermittler schon bald zu einem richtigen Team, und wenn sie in einem Fall einmal partout nicht weiterkommen, erhält Evert oft den entscheidenden Hinweis von Oma Tieske, die in ihrem Kiosk stets über jedes aktuelle Gerücht informiert zu sein scheint.

In der Serie sind bereits folgende Ostfrieslandkrimis erschienen:

»Auricher Leichen«, Band 1
Taschenbuch-ISBN: 978-3-96586-477-1
eBook-ISBN: 978-3-96586-478-8

»Auricher Geheimnisse«, Band 2
Taschenbuch-ISBN: 978-3-96586-524-2
eBook-ISBN: 978-3-96586-525-9